迦国あやかし後宮譚3

シアノ Shiano

アルファポリス文庫

https://www.alphapolis.co.jp/

第一章

蝉の声が、わぁんと耳の奥にこだまする。

耳に残るその音は、熱のこもった脳をぐらぐらと揺さぶるかのようだ。

「ふう、暑い……」

大人しく座っているだけなのに、じっとりとした暑さに汗が浮かび、玉になって肌を転がる。ひどく不快な暑さだった。

ここは月影宮(げつえいきゅう)。後宮の外にある宮殿で、上皇陛下――つまり雨了(うりょう)の母君が住む場所である。私と雨了が後宮から離れ、この月影宮に身を寄せて一月(ひとつき)。季節は夏になっていた。

窓から見える景色も慣れ親しんだ薫春殿(くんしゅんでん)とは違う。本来は目に涼しい緑の竹林なのだが、今はそう感じない。風がなく、竹林がそよともしないせいだ。竹の葉が擦(こす)れる音すらなく、嫌な湿気が体にまとわりつく。

私は眠る雨了を扇(あお)いでいた手を止め、布を手に取る。雨了の額に浮かんだ汗をそっと拭(ぬぐ)った。

こんなにも暑いのに、雨了の顔色はひどく青白い。固く閉じられた瞼の下に長い睫毛(まつげ)が影を落とし、一層病の色を濃くしていた。

後宮が玉石の悪意に襲われ、雨了が鴆毒(ちんどく)を飲んで倒れたのは、まるで遠い昔のようにも、つい昨日のようにも感じてしまう。一月(ひとつき)経った今でも雨了の体調は万全ではない。私は雨了の鱗(うろこ)を取り戻し、そして玉石の脅威も退(しりぞ)けた。しかしそれで全ての問題が解決したわけではなかったのだ。

雨了が飲んだ鴆毒(ちんどく)は幸いにして致死量ではなく、犀角(さいかく)を使った毒消しで治療も済ませた。しかし病状は芳(かんば)しくない。むしろ、この真夏の暑さに比例するように雨了は弱ってしまっている。今も体力の消耗を防ぐために、こうして一日中眠ってばかりなのだった。

「ん……」

雨了は微かに身じろぎ、ゆっくりと目を開けていく。鮮やかに光る龍の青い目。

その目を見るたびに私の胸は高鳴り、体中に甘い液体が流れていくかのようだった。

「雨了、起きた？」

「ああ……」

億劫(おっくう)そうに雨了は答える。

「お水飲む？　起きるのを手伝うから」

枕元に水差しが置いてあるのでそう言ったのだが、雨了はゆっくり首を横に振った。

「いや、いい。そろそろ侍医(じい)の来る頃合いであろう」

「……そうだけど」

「すまないな……」

「ううん」

雨了はこうして僅(わず)かな時間だけ目覚めるが、それは侍医(じい)の診察や食事に充(あ)てられている。生命を繋ぐためだから仕方ないとはいえ、私と話す時間はほとんどない。

「――失礼いたします」

雨了の目覚めを予測し、既に待機していたのか、部屋の外から声がかけられた。

入ってきたのは雨了付きの宦官(かんがん)、凛勢(りんぜい)だった。

宦官は概ね、容貌から年齢を推測しにくいものだが、その中でも凛勢はまったく見当がつかない外見をしていた。

彼は男性にしては小柄で骨格も華奢なため、一瞥すると少年のようにも見える。しかし普段の雨了と比べてずっと年上のような落ち着きもある。その整った容貌としなやかな物腰だけなら絶世の美女のようにも見えるのだ。

凛勢は雨了とは違った系統ながら、誰もが見惚れてしまうほどの美形だ。細身で中性的な雰囲気は、あのお騒がせな宮女の蔡美宣ならきっと転げ回るほど好みだろう。耳をつんざく黄色い悲鳴を上げるところまで容易く想像が付く。しかしどういうわけか、彼は宦官なのに後宮に立ち入ることがなく、私は最近まで顔も知らずにいたのだった。

滑るように足音を立てず雨了のそばに来た凛勢は、雨了の背中を支えて上体を起こさせた。力強い腕はやはり嫋やかな美女とは違う。

「朱妃、恐れ入ります。これから侍医が参りますので、御退出を」

これまではそう言われて大人しく退出していたが、許されるなら同席したい。今日こそはと食い下がった。

「あの、凛勢。私もこの部屋にいちゃ駄目かしら。侍医の邪魔はしないし、口も開かないで大人しくしているから」

少しでも長く雨了のそばにいたかった。そう決意を込めたが、凛勢の迷惑そうなため息に、つい私はたじろぐ。

「申し訳ございません。侍医だけでなく、侍医の弟子や記録係の官吏も同席いたします。許可なき男性を朱妃に近付けるわけには参りません。どうか御退出をお願いいたします」

冷たい口調できっぱりと断られ、私は項垂れるしかない。

「分かったわ……」

モゴモゴと口の中でそう呟いた。

私は凛勢の冷淡な物言いや、あからさまなため息がどうしても苦手だった。凛勢の言うことは全て正論なのだとは分かっている。しかし凛勢が私のことを疎んでいるからではないかと、卑屈な考えに支配されてしまうのだ。

それに私は、雨了の愛妃となってまだ半年足らず。一方で凛勢は長く雨了に仕えているらしく、雨了が心から信頼している人物なのだ。現に今も、ほとんど会話をせずとも僅かな仕草だけでやりとりをしている。宦官に嫉妬というのもおかしな話だけれど、今の心境はそれに近い疎外感があった。

「もうよろしいでしょう。——そこの宮女、朱妃を連れて行きなさい」

「は、はい。さあ朱妃、どうぞこちらに」

「あの……凛勢。陛下をお願いね」

「言われるまでもありません」

凛勢はこちらも見ずにそう言う。声色はやはり冷ややかに感じた。

私は月影宮の宮女に付き添われ、部屋から出た。

「まあまあ朱妃、そんなに落ち込まないでくださいませ。陛下にずっと付き添われている朱妃にも少し休憩が必要ではありませんか？　凛勢様もきっとそうお考えなのですよ」

私を部屋から連れ出した宮女の陸寧はそう慰めてくれる。宥めるように背中にそっと手が置かれた。

「そうだといいけど……。あのね、噂を聞いてしまったのよ」

少し前に偶然聞いてしまった噂話を思い出して、私は胸の前で手を握る。

「噂……ですか？」

「私が妃になってからというもの、変な事件が多かったでしょう。ほら、龍圭殿で死体が見つかったとか、妙な鳥が薫春殿に来ていたとか。一月前には後宮がゴタゴタして、更には陛下が危うく死ぬところだった。それもこれも、私が悪運を運んできたせいで……私は厄災の種なんだって」

以前にも後宮で変な噂を立てられたが、その時は平気だった。なのに今は心が弱っているからなのか、じくじくと痛む傷のように、一度気になり出したら止まらない。

「ま、まあ……なんて酷いことを。一体誰が……」

陸寧は眉を寄せる。痛ましいものを見る目をして私の背中を摩った。

「分からないけど、一部の宦官の間でそう囁かれてるみたいで……もしかしたら凛勢もそう思っているかもしれない」

「非現実的にもほどがあります。そのようなもの、荒唐無稽な噂に過ぎませんよ。わたくしは一切信じておりません。きっと凛勢様も同様ですわ」

「……うん。陸寧、ありがとう」

そう言うと陸寧はニコッと微笑んだ。

陸寧はこの月影宮の宮女で、私がここに滞在してからずっと世話になっている。

薫春殿の宮女たちはここにいない。玉石の事件で薫春殿が襲われたため、怪我をして治療中か、後宮から一時的に宿下がりして心身を休めているのだ。幸いなことに誰一人として命を落とすことはなかったが、命の危険に晒され後宮勤めが嫌になってしまってもおかしくない。

それもまた、ここのところの気鬱が増している原因の一つなのだった。彼女たちが戻ってくる保証はない。楽しかった薫春殿の生活は、もう二度と戻ってこないかもしれないのだ。

雨了の体調は芳しくなく、ろくや汪蘭もそばにはいない今、私には心の拠り所がなかった。いつの間にか私には大切なものが増え過ぎてしまった。それを失うかもしれないことがいかに恐ろしいかを知ってしまったのだ。

私がもっと強ければ。せめてもっと賢ければ。雨了をあんなに消耗させず、薫春殿の宮女たちも傷つくことはなかったのに。ぐじぐじとそう思ってしまうのを止められずにいた。

そうやって落ち込んだ時でもこの陸寧はいつも優しく微笑み、慣れない場所での生活に気を配ってくれる。美人で物腰も穏やか。宮女としての仕事も完璧で、素敵な女性なのだ。

恩永玉（おんえいぎょく）が宮女の経験を積み、数年経てばこんな雰囲気の素敵な女性になるかもしれない。もしくは汪蘭の穏やかさにも近いだろうか。とにかく身の置き所がない今は陸寧の優しさに救われていた。

「朱妃、この後ですが上皇様からお茶のお誘いがございました。せっかくですし、気分転換を兼ねていかがでしょう」

「そうね……お招きにあずかろうかしら」

「ええ、是非に。わたくし自慢のお茶の腕前を披露いたしますから」

「それは楽しみ。陸寧のお茶は美味（おい）しいもの」

そう言えば陸寧は嬉しそうに微笑んだ。

あまり落ち込んでばかりはいられない。雨了は毒の治療は既に済んでいる。あとは体力が回復するのを待つだけなのだ。少し時間がかかっているというだけで。

外回廊に出た陸寧は、差し込む日差しに眉を寄せた。

「……今日も暑いですね。ここ数年夏の暑さが厳しい気がしますが、月影宮でこれほど暑いのはわたくしも初めてです」

「本当ね。竹林が見えるのに全然涼しげに感じないんだもの」

「ああ、あまり日に当たらないでくださいましね。日焼けをしてしまっては大変ですから」

「分かってる。陸寧は心配性なんだから」

先程までけたたましく鳴いていた蝉の声がピタリと止んだ。昼前後の一番暑い刻限には蝉すら鳴かなくなるのだ。それがなんだか空恐ろしい。

少し歩くだけでクラクラしそうな暑さ。今年の夏は異常な熱気に包まれていた。


上皇のお茶会に呼ばれて向かった先で、私は目を丸くした。茶器の並んだ卓上に、手のひらほどの大きさの壁巍がちょこんと座っていたからだ。今日は若い方の姿だが、それもあって、まるで子供向けの書物で読んだ小人のようだ。

「久しいの、朱莉珠」

「うわ、壁巍……なんで――あっ、失礼しました!」

まじまじと見つめていた私はハッと我に返る。上皇の御前なのだ。それに壁巍は雨了や上皇の祖先にあたる龍である。いくら壁巍が祖父の友人とはいえ、失礼な態度は許されない。私はワタワタと慌てながら上皇にお辞儀をした。

そんな私を見て上皇はクスクスと楽しそうに笑う。幸い、怒ってはいないようだ。

なるほど、先程陸寧含め、宮女たちが全て人払いされたので何事かと思ったが、壁巍が来ていたからか。

壁巍はおそらく不思議な方法で出入りするのだろうし、しかも今は小人のように縮んでいる。

陸寧は自慢のお茶を披露出来ずがっかりしていたが、さすがにこんな小さい壁巍を見せるわけにいかない。迦国（かのくに）では、ほとんどの人は妖（あやかし）とも幽霊とも無縁である。彼らにとって妖（あやかし）はお伽噺（とぎばなし）のようなものなのだ。驚いて目を回してしまうかもしれない。

「朱妃よ、よく来てくれましたね。さ、お座りなさい。そなたは龍の祖に面識があるのでしょう。祖が我が宮に久しぶりにいらしてくださいましたから、お茶にお招きしたのです」

「し、失礼します」

私は上皇に促（うなが）され、席に着く。

上皇は雨了の母君なだけあって、どことなく彼と似た雰囲気の女性だ。おそらく四十手前のはずなのだが、成人した子供がいるとは思えないほど若々しい。艶のある黒髪をすっきりと纏め、着物や髪飾りは思いの外質素だ。それで余計に快活そうに見える。その瞳は雨了や青妃と同じく青。雨了の父親だけでなく、母親のこの人も王族の血族出身なのだと聞いている。つまりは両親双方から龍の血を引いているのだ。雨了が特別龍の力が強いのはそのせいもあるのかもしれない。

この月影宮に来てから何度かお茶の時間に招かれているが、とても気さくで、妃としての礼儀作法がまだ完璧でない私にも、気を遣わないようにと言ってくれるのでありがたい。

「あの、上皇陛下、お招きありがとうございます。それから雨了の代わりに政務を行ってくださっていると聞いて……」

「あまり堅苦しいのは好きではありませんよ、朱妃。わたくしはわたくしの為すべきことをしているだけですからね。さ、お茶を淹れましょう」

上皇は手ずから茶を注ぎ、私の前に差し出したのだ。

「ひえっ！　も、申し訳ありません！」

まさかのことに私はワタワタと慌てるしかない。

「ふふ、謝られるよりはお礼を言われる方が悪い気はしませんし、貴方のような可愛らしい子なら大歓迎です。もっと言えば、お義母様と呼んでもらえたら嬉しいのですがねぇ……」

「あ、ありがとうございます……お義母様……」

言いながら顔が熱くなるのを感じてしまう。私は生母とは赤子の頃に死別しているので、呼び方自体に慣れないというか、妙に気恥ずかしい。

「ああ、なんと可愛らしいこと！　もうこれだけで雨了を産んだ甲斐があったというものです！　雨了が元気になっても、朱妃にはこのままずっとこの月影宮にいて欲しいほどです！」

むぎゅ、と強く抱き締められ、私は声も出ない。

「こらこら、そこまでにしておきなさい。朱莉珠が潰れてしまうぞ」

小さい壁巍のおかげで、なんとか上皇から解放された私ははあはあと肩で息をした。

本当に潰れてしまうかと思った。この感じ、まさに雨了との血の繋がりを強く感じる。

雨了も元気で気分の乗っている時は私を潰す気かという勢いで抱きしめたり、玩具のように扱ったりするのだ。

　なんというか、距離感が近くて暑苦しい人だ。素敵な人だとは思うのだが、親しく付き合うのはなかなかしんどい時がある。

「おや、すまない。わたくしも雨了も、そなたのように小さく可愛らしいものが大好きなのです。小さな祖もとても可愛らしいし、本音を言えばぎゅうっと抱きしめたいのですけれど」

「ふん、お断りじゃ。ぺっちゃんこに潰されるのはごめんだ」

　壁巍はにべもない。

　私は息を整えて、上皇が手ずから淹れてくれたお茶を飲む。すうっと涼しげな風味が口の中に広がった。

「それは薄荷葉を混ぜた茶です。涼しげな風味がするでしょう。暑い最中に飲むならやはりこれです」

「ええ、とても美味しいです！」

「それから梨もありますからね。井戸でよく冷やしていたから、こちらも美味しいですよ」

「はい、いただきます！」

構いたがりで暑苦しい部分は少し苦手だけれど、上皇自体は美味しいものをたくさん食べさせてくれるから嫌いではない。なんて言えば雨了はきっと現金だと笑うかもしれない。

「ふむ、これは美味いな」

壁巍は卓上でちょこんとあぐらをかき、小さな酒杯を茶碗代わりにして茶を飲んでいる。それでも手のひらくらいしかない壁巍には両手を使わなければ飲めないほど大きい。

「お気に召したのでしたら、茶葉を用意しておきますので、お土産にお持ち帰りくださいまし」

「ああ、そうさせてもらおうかの。この暑さは龍にはこたえるのでな。この茶を瓶にでも入れ、川の水で冷やしてから飲むのも良さそうだ」

壁巍はしんどそうに背中を丸めて言う。そうすると更に小さく見える。

「あの……どうして壁巍はそんなに縮んでしまったのですか？」

「まったく、おまえさんのせいのようなものだぞ」

壁巍は白い髪をかき上げ、うんざりしたように吐き捨てた。

「朱莉珠、楊益がおまえさんの身内を儂の住処に連れてきたのは知っておるな。最近、朱華とかいう娘も増えたのだぞ。聞いておらんのか」

以前、父と義母が玉石の手の者によって廃人同然になってしまった。それを発見した宦官の楊益が安全な場所に匿ってくれて、二人の治療をしているのだと聞いていた。それが壁巍の住処ということは後で知ったのだ。壁巍と楊益が知り合いだなんて知らなかったから、一緒にいるのを見て驚いたこともあった。

「えっと……朱華の件は知りませんでした……」

玉石に操られていた朱華は、ろくが白い石を破壊したことで気を失った。その後、捕縛されたが、そのまま一向に目を覚まさないとだけ聞いていた。

「朱華の件は今日直接話そうと思っていました。内密にしているので、言付けるわけにはいきませんからね。朱華は目を覚まさないままで、放っておけば死んでしまいます。それで祖のところにお願いしたのです」

上皇は、壁巍の小さな茶碗にお代わりの茶をほんの少し注ぎながらそう言った。

「あれは玉石の精神毒だな。気の方も随分と吸われて弱っておったし、儂でなければどうにもならんところまできていたから仕方がない。それで毒抜きと治療をするのに力を使っておる。今はこの分体に割く力も惜しいのだ。分かったか」

「そうだったのですか。あの……ありがとうございます」

「ふん、おまえさんに礼を言われるまでもないわい。あの朱華という娘も、我が友、朱羨の孫なのだからな。あまりに早く常世に送っては、朱羨が悲しむであろうよ」

ふん、と顔を背ける壁巍だが、あれでなかなか情に厚いのかもしれない。未だに友人だった祖父を大切に思ってくれているのだ。私が幼い頃、祖父と碁を打って楽しそうにしていた姿を思い出し、ついつい笑顔になった。

「それで、その件で、本題なのですが――」

上皇は手にしていた湯呑みをコトンと置き、今までになく真剣な顔をして言った。

「――朱華及び朱家の者には、近々死んでもらおうと思っています」

私の顔に浮かんでいた微笑みは、その言葉で凍りついた。

「え……？　そ、それは、どういうことでしょう……」

「もちろん本当の死ではありませんよ。戸籍上の死です。そうね、流行病ということになるでしょう。祖の治療が済んだら、彼らには新しい名前と家を与え、そなたと無関係の者として遠方で静かに暮らしてもらいます。朱妃、そなたは愛妃。いずれは雨了の子を産むでしょうからね。その身内であれば、政治への口出しも出来てしまうことになるのです。朱華のように利用される危険性もある。二度とそんなことが起きないように、そういう措置をとります。特に朱華に関しては、本来なら死罪でもおかしくはありませんでしたから。これが精一杯の譲歩です」

「そう……ですか」

「ふん、馬鹿らしい。だから儂は政治だのなんだのが嫌いなのだ」

壁巍はそう毒づくが、これが私のための甘い措置であることは理解していた。

義母はおろか、父にも親として愛情を持っているとは言いがたい。それでも、かつては朱華に姉さんと呼びかけ、姉妹としての情を感じていたこともあったのだ。しかし、もう公の場では姉と呼ぶことは出来ないし、してはいけない。死ななければなんとでもなると分かっていても、どうしてもモヤモヤとしてしまうのだった。

「ああ、憂えた顔もなんと愛いこと！」

上皇はまた暑苦しく私を抱き寄せ、頬擦りをする。勘弁してくれ、という言葉を私は必死に飲み込んだ。

「これ、放してやりなさい。——時に、朱莉珠は十三だったか、それとも十四か？」

上皇は放してくれたものの、壁巍の問いが年齢の話だと認識するまで微妙に時間がかかってしまった。

「な……っ、誰が十三ですかっ！　とっくに成人してますっ！」

かつて、雨了にもサバを読み過ぎだなんて言われて怒ったことがある。小柄なので年下に間違われるのは慣れていたが、それでも間違われたら腹立たしい。

「そりゃ本当か！」

「まったく、みんなして小さい小さいって！　今は壁巍の方がずーっと小さいんですからね！」

今の壁巍など、片手で掴んでぎゅうっと潰せそうな大きさだ。いっそやってやろうか、と手をワキワキしてみせた。

私だって後宮に来て半年足らずで随分背が伸びたし、肉も付いて健康的になったのだ。確かに大人びた雰囲気はないが、いくらなんでも十三、四歳に間違われるのはあんまりだ。

「違う！　そういう意味ではない。おまえさんの目のことだ！」

潰してやろうか、なんて物騒な私の思考に勘付いたのか、壁巍は慌ててそう言った。

「目？」

私ははて、と首を傾げる。

「朱妃。先日の事件についてですが、ある程度の聞き取りは済ませました。そなたには妖や幽霊が見えるそうですね」

「は、はい……」

私は頷く。

「汪蘭という宮女の幽霊にも会ったと……怪我をした宮女の報告にありました」

おそらくそれは恩永玉からの報告だろう。薫春殿から逃げる時に、汪蘭と恩永玉には世話になったのだ。

「ええ、間違いなく汪蘭です。私が薫春殿に来て間もない頃からずっと私のそばにいて、たくさん助けてくれたんです」

汪蘭はかつて上皇や雨了の宮女だったそうだ。十年前に雨了を逃がすために命を落としてしまったけれど、幽霊宮女として後宮にずっといたのだ。

「そう……」

上皇の青い瞳が伏せられ、深い色になった。きっと汪蘭に関しては複雑な思いがあるのだろう。

「それで、幽霊の汪蘭を、普通の宮女と勘違いするほど鮮明に見ていたと」

「その通りです」

「それから、井戸守もだな。あやつが道を開いた形跡があった。ろくとかいう従従もだが、朱莉珠は妖を味方に付けられるほど意思疎通が可能なのだな」

「従従？」

　聞きなれない単語に私はまた首を傾げた。

「ろくの妖としての種族の名じゃ。六つ足の獣で、その名の通りじゅうじゅうと鳴く。生まれはただの獣だが、妖に乳を分けられて育つと、稀に従従になると伝えられておる。大抵は犬の姿で、猫の姿をしているのは珍しいのだがな。まあ、それは置いておいて。儂が言いたいのはだな、おまえさんの目は見え過ぎている、ということだ」

「見え過ぎていると言われても。それに雨了だって……」

私には今の見え方が普通なのだし、雨了にも汪蘭や円茘が見えていたはずだ。

「雨了は龍の血が強いせいだ。今から話すのはただの人間に関してでな。と言ってもただの人間にだって妖や霊が見えるのは珍しくない。例えば、妖の中でも幽霊のような実体がないものとなると、まったく見えない者からなんとなく感じる者、実体があるかのように見える者まで様々いる。個人差はあるが中でも子供というのは敏感で、そういった人ならざるモノが見える率が高い。はっきり見えてしまう子供もいるのだ。しかしな、そういう力は成長と共にだんだん衰える。ほとんどの場合、子供の頃に見えていた妖は、成人する頃にはもうぼんやりとしか見えず、声も届かなくなるものなのだ」

「……でも、私にははっきり見えるし、ちゃんと話も出来るんです」

「ええ、疑っているわけではないのですよ。朱妃。わたくしとて、雨了ほど龍の力は強くありませんが、成人してから幽霊を見たことは幾度となくありますから」

「つまりな、おまえさんの目は何か特別なのではないか、ということなのだ。それを視鬼の力と呼ぶことがある。そしてその力は親から子へ受け継がれることが多いのだ。特におまえさんは見えるだけではなく、妙に好かれる性質でもあるようだしな。朱羨には特別な力はなかったから、おそらく母方の血なのだろうが……」

「朱妃の母君が神職の血を引いていたのかもしれませんね。その辺りはいずれ楊益に調べさせるにしても、朱妃のその目はこれからも幽霊や妖を見てしまう可能性が高い。雨了がこの地を浄めても、幽霊や妖が消えてなくなるわけではありませんからね」

「えっと、それはどういう……？」

私は彼らの言いたいことが分からず首を傾げた。上皇は僅かに表情を曇らせる。

「これまで、朱妃にとっては妖も幽霊もそれほど恐ろしい存在ではなかったかもしれない。しかし、今後は雨了の愛妃として、見たくないものも見てしまうことになる。その目が神職の血を引くせいなら、歳と共に鈍くなることはないのですから。それは時に辛いことにもなるでしょう」

上皇は優しくそう言った。その声は私を本気で案じてくれているのだと伝わる。間違いなく母親としての包容力のある声だった。

小さな壁蝨は指先くらいの大きさに切り分けられた梨に齧り付いてから口を開く。

「幽霊とは死の間際に強い感情に凝り固まって生じた実体のない妖の一種だ。つまり、殺された者や死に際の心残りが大きい者は幽霊になる確率が高いとも言えるのだ。そして恨みや悪意が強ければ悪霊となる」

「……そういうことです。例えば、先日の事件の主犯、胡玉栄が悪霊となる可能性もあるのです。その父である胡将軍は責任を取るためにと、既に自刃し果てています」

「そんな……！」

「それが胡の家名を残す条件でした。元々そういう約定があったのです。胡将軍の不始末はこれで二度目ですから……。胡家は遠縁の者が継ぐこととなります。そして、胡玉栄の兄も胡玉栄宛てで後宮に毒物を複数回送ったことが調べで分かりました。後宮を混乱させた罪により現在は捕縛されています。……彼を含め、この件に関わった幾人かは死罪となるでしょう」

「……はい」

きっとそこにはあの衛士長も入るのだろう。顔を知っている人物が死罪になるというのは被害者の私からしても複雑なものがあった。

「死罪の後、その者らが悪霊と成り果てるかもしれません。死罪後には必ず祓い、祀る決まりごとがありますが、完全ではないのです。もし彼らが悪霊となってしまえば……もう分かりますね。そなたには人と変わらないほどはっきりと見えてしまう。意思疎通が出来る悪霊に毎晩責め立てられることさえあるやもしれません」

それはなんて恐ろしいのだろう。胡玉栄に胡将軍、そして衛士長が私を毎晩責め立てくるとしたら。

そんな想像をしてブルッと震えが走る。

「儂がこの月影宮に来たのも、ここの結界に綻びがないかを定期的に確認する必要があるからなのだ。ま、今の儂にはそれ以上は難しいがの」

疲れ果てたように息を吐く壁巍。

「朱妃、そなたを怖がらせたいわけではないのです。ただ、心構えだけはしておくように。それから、雨了のそばは安全なはずです。あの子には特別強い龍気が取り巻いていますから、悪霊もそうそう近寄れません」

「あ、確かに……汪蘭も雨了の龍気が強いから近寄れなかったと言っていました」

上皇は静かに頷く。

「ええ。鱗も戻ったことだし、体力さえ回復すれば龍の力を操り、結界のように張り巡らせることも容易いでしょう」

「とはいえな、雨了はどうにも回復が遅い。この暑さのせいやもしれん。儂もだが、龍は元々、暑さに弱いのだ。今年は格別暑いのもあってな、平常時であれば問題なくとも、体力が落ちた今はこの酷暑がこたえているであろうよ」

私はぎゅっと眉を寄せた。

「そうかもしれません。このところずっと寝ていて、目を覚ますのもほんの僅(わず)かな時間だけで……」

「ええ、ですがまだまだしばらく暑い日が続くでしょう。ですからいっそ、雨了を涼しいところでしばらく静養させようかと思っているのです」

「……涼しいところ、ですか？」

私は首を傾(かし)げる。

上皇は頷き、小さな地図を広げ、山の方を指し示した。

「知州(ちしゅう)の端に避暑用の離宮があるのです。山の上にあるから涼しいですよ。昔から王族の療養に使われていたところです。青妃も以前、そこで長く療養していました」

「そうさな、あの山付近は龍脈の流れからしても良い位置にある。静養にはもってこいだろう」

「つまり、その離宮に雨了が行くってことなんですね？」

「そういうことです。暑い期間と考えれば大体二月(ふたつき)くらいかしら。その間は今と同じくわたくしが代理として政務を行いますから」

「そ、そうですか……」

二月とは随分長い。しかし知州であれば馬車を使っても片道だけで数日かかる。それくらいは仕方がないかもしれない。

ただ、雨了が馬理国に向かった時と同じか、それより長いのだ。また長い期間離ればなれになってしまうと考えるだけで胸の奥が切なくなる。

「あら朱妃、そなたも行くのですよ？」

上皇が私の考えを読んだようにそう言う。

「えっ、私も……？　本当ですか⁉」

私は思いがけない言葉に目を瞬かせた。

「もちろん。そなたは雨了の愛妃なのですから、なるべくあの子のそばにいて欲しいのです。その方が雨了も落ち着くはず。移動や野営は少し大変かもしれませんが、雨了のそばで回復を見守ってくれますか？」

「は、はい！　私、一緒に行きます！」

私は前のめりになりながら、強く頷いた。

雨了と離れずに済む。それが嬉しくて、暗い心にさあっと日が差し込んだかのようだ。

上皇はそんな私に優しく微笑む。

「そう……本当に朱妃は可愛らしいこと。どうか、雨了を頼みますね」

上皇は私を強く抱き締めるのではなく、そっと撫でてくれた。

その手に何故かとても懐かしい気分になる。

胸の奥がきゅうっと切なくなり、なのに温かい。

私の産みの母は私が赤ん坊の時に死んでしまった。だからはっきりとした記憶はない。けれどどこんな風に優しく撫でてもらったこともあったのかもしれない、なんて思ってしまうのだった。


お茶を飲み干した壁巍は上皇が用意した茶葉の包みを大荷物のように背負う。

「では儂は帰る。楊益はもうしばらく借りておくぞ」

そう言うや否や、壁巍は皿になみなみ注がれた水にトポンと飛び込んだ。平たい皿の底が抜けたようにもう壁巍の姿はない。以前、井戸に飛び込んで消えたのと同じだった。

「まったく、祖はせっかちなのですから。朱妃はもう少しゆっくりしてお行きなさいね」

「は、はあ……」

　私としては壁巍の消え方に驚いてしまったが、上皇は見慣れているのか、平気な顔をしている。

「あの、壁巍は頻繁に来るのでしょうか」

「そうでもありませんよ。年に数度あれば多い方でしょうか。大体は先触れがありますね。飲んでいる茶や酒の水面に祖の影が浮かぶのです」

「……お茶に」

　私はついつい手にしていたお茶を覗き込む。ゆらりと揺れる水面には私しか映っていない。

「朱妃に用事があれば同じように連絡をしてくることでしょう」

「そうですか……」

　これからお茶が少し飲みにくくなりそうだ。そう思わずにはいられなかった。

　それからはまったりとしたお茶の時間になっていた。

「朱妃、知州に向かうのに何人か供を付けましょうね。身の回りの世話は誰に任せようかしら。陸寧で構わない？」

もちろんだ。陸寧は優しいし、仕事も完璧な宮女だ。きっと道中も力になってくれるだろう。

「陸寧なら私も心強いです」

「ふうん、そう？」

上皇は小首を傾げ、私をじっと見つめる。なんだか含みがある気がする。私の頬を引っ張る直前の雨了と同じ表情な気がした。

「あの、何かありますか？」

「いいえ、なんでも。あ、そうそう！　護衛も必要になるでしょう。雨了の近衛も同行しますが、男性だとそなたにはあまり近付けないもの。ほら、龍は嫉妬深いものだから」

上皇はクスクスと笑う。

「龍にはたった一人の伴侶がいればいい。だから後宮など必要ないようでいて、ああいう異性のいない閉じられた場所に伴侶を置いておかないと不安で仕方なくなってしまうのよね。特に雨了はそれが顕著に出る子だから、近衛とはあまり仲良くしてはいけませんよ。ヤキモチを焼いてしまうから」

私は頷く。

「祖もお帰りになったことだし、このままそなたの護衛の者を紹介することにしましょうか」

上皇は卓に置いてあった鈴を手に取り、チリンと鳴らした。

すぐにやってきた宮女に指示を出す。しばらくして背の高い女性がキビキビとやってきて、サッと跪（ひざまず）いた。彼女は宮女よりも簡素で裾（すそ）回りが動きやすそうな衣装を着ている。スッキリ結い上げた髪にも飾りはない。健康的に日焼けした肌に意志の強そうな目が印象的な女性だ。

上皇が小さく頷いて合図すると、彼女は口を開いた。

「お初にお目にかかります。安麗俐（あんれいり）と申します」

話し方も見た目通りハキハキしている。言い方は悪いが、躾（しつ）けられた猟犬のような雰囲気を感じた。それはきっと、人を使うのに慣れている上皇との無言のやりとりのせいもあるのだろう。

「朱妃、そなたの護衛にこの者を付けましょう。彼女は少し前まで女だてらに武官をしていたのです。今はこの月影宮の護衛女官をしてもらっていますが、実力は折り紙付きですよ。ね、安麗俐」

「もったいないお言葉にございます。誠心誠意尽くし、朱妃の御身をこの身に代えてでもお守りすると誓います」

「上皇陛下、何から何まで、ありがとうございます」

「知州は遠いから、気を付けていってらっしゃいね。それから……なんと呼ぶのだったかしら？」

「あっ……ありがとうございます、お義母様（かあさま）」

私が照れながらそう言うと、上皇は満足げにニッコリ笑う。

安麗俐は一切表情を変えず、私のことをじいっと見つめてくる。その鋭い目付きのせいでなんだか睨（にら）んでいるようにも見える。普通に挨拶をしただけのつもりだが、何か彼女の気に食わないことでも言ってしまっただろうか。

「え、ええと……よろしくね」

私は困惑しながらそう言った。安麗俐は無言で頭を下げた。

「あ、あの、安麗俐は女性なのに武官をしていたのよね。すごいわ」

「いえ、それしか取り柄がないだけです」

彼女はキッパリとそう言った後は押し黙ってしまった。

寡黙な人なのだろうか。宮女はどちらかと言えば明るい娘が多いし、口調も柔らかだ。しかし安麗俐は武官という経験のせいか、同性でも雰囲気からしてまったく異なる。どう声をかけたらいいか分からず、私はそわそわとしてしまう。

「うふふ、頑張ってね！」

上皇はそう囁（ささや）くけれど、私は頷くことしか出来なかった。

その後、また少しだけ目覚めた雨了に私は報告する。

「ねえ雨了、私も一緒に知州の離宮に行けるんですって！」

「……うむ。俺がそなたを連れて行かぬはずないだろう」

雨了は青い顔色ながらも薄く微笑み、私の頭をポンポンと叩いた。

「俺は道中も眠ってばかりだと思うが、よろしく頼む。凛勢の言うことはちゃんと聞くのだぞ」

「もう、子供じゃないんだから大丈夫よ」

「そうか？　あまり張り切り過ぎないようにな」

頭を撫でていた雨了の手が少しずつ下がり、頬を撫でる。そんな些細なことで胸がドキンとしてしまう。

「平気よ。あ、それから旅に出る前に薫春殿に——」

「失礼いたします。入室して構いませんか」

私の言葉はやはり部屋の外で待機している凛勢に遮られた。

「すまんが時間だ、莉珠」

「う、うん……じゃあ、また後で」

「ああ」

ほんの僅かの触れ合いはあっという間に終わってしまった。しかし、雨了と共に旅に出ると思うと、ワクワクが止まらないのだった。

第二章

数日後、私は久しぶりの後宮に足を踏み入れていた。

知州にあるという離宮に向かう前に、薫春殿とろくの様子を見ておきたかったのだ。

雨了は今日もほとんど寝てばかりなので、代わりに上皇と宦官（かんがん）の凛勢から立ち入りの許可を得ている。

傍（かたわ）らの安麗俐をそっと見上げた。

こうして再び後宮に立ち入ることが出来るようになったのも、彼女という護衛が出来たおかげなのかもしれない。

しかしながら無言で付き従う安麗俐と二人きりなのは少しばかり居心地が悪い。これが威圧感というものなのだろうか。彼女は基本的にこちらが話しかけなければ口を開くことは滅多になく、話しかけても返答は僅（わず）かでそっけない。話が盛り上がらないので、二人きりだとなんとなく気まずいのだ。

自然と早歩きになってしまうが、私よりずっと身長の高い安麗俐はその分足も長いらしく、楽々ついてくる。一方の私は、裾の長い着物も相まってちょこまかとしか歩けない。安麗俐のようにスラッと背が高ければ、颯爽と歩くだけで絵になるだろうに。

そう思いながらチラッと安麗俐の方を振り返った私の視線は、安麗俐の真っ直ぐな視線とぶつかった。

「な、何？　ちょっと速かった？」

「いえ、速度に問題はございません」

護衛についてもらってからというもの、ふとした瞬間に何度も彼女からの視線を感じるのだ。しかし不思議に思って聞いてみても何もないと言われるばかり。その視線が優しかったり、逆に侮蔑だったりすれば意図が分かるのだが、安麗俐のじっと見てくるだけの視線では何を考えているかさっぱりだ。

「そう、じゃあ行きましょう」

「はい」

まず向かったのは青薔宮だ。青妃には私が不在の間に色々とお願いしているからである。

　私たちは以前青薔宮にお邪魔した時と同じ部屋に通された。しかし安麗俐は、自分はいない者として扱うようにと言い残し、スッと壁際に下がった。今は置物のようにピクリともせずに立っている。椅子すら固辞していた。お供ではなく、あくまで護衛であると彼女は無言で語っていた。

「朱妃、ようこそ青薔宮へ」

　そう言う青妃は今日も顔色が青白い。それでもほぼ寝たきりの雨了よりは幾分かマシだろうか。

「青妃、少し顔色が悪いですね。すみません、そんな時に」

「ああ、気にしないで。暑いのはどうにも苦手なのよ。夏バテは毎年のことだけれど、なんだか夢見も悪いし、暑さであまり食欲もないものだから……」

　確かに少し痩せたかもしれない。愛らしい白桃の頬がげっそりとやつれている。

「分かります。夜中でも暑くて寝苦しいですよね」

「ええ、本当に……早く涼しくなって欲しいわ」

　青妃は頷いて、ふう、と苦しげに息を吐いた。

　彼女は十年前に大怪我をして以来、体が弱いのだ。そんな体で、この暑さは相当にこたえるのだろう。

「あ、そうだ。上皇陛下から、これをお渡しするようにと」

私は上皇から預かっていた薄荷葉(はっかよう)の茶葉を彼女に渡した。

「まあ、ありがとう。このお茶、大好きなのよ。朱妃は飲んだかしら?」

青妃は淡く微笑む。

「ええ、飲みました。すっきりしていていいですよね。いただいていた時たまたま壁巍が来ていたのですが、暑いのが苦手だって、青妃と同じようなことを言っていました。それに雨了もこの暑さで体力の回復が遅いみたいで」

「まあ、祖のお方に会ったのね。羨ましいわ。わたくしも久しぶりにお会いしたかったのに。それから、雨了のことも聞いています。知州の離宮に向かうのよね。以前、わたくしも怪我をした後しばらく療養していたことがあるのよ。静かなところだし、夏でもとても涼しいから、きっと雨了もすぐ良くなるわ」

私を安心させるように微笑む青妃に私は頷いてみせた。

「そうだと嬉しいです」

「それからね、離宮には温泉が湧いているのよ。白いお湯でとても気持ち良かったわ。

温泉の効能に病後の回復もあったはずだから、雨了にも良いんじゃないかしら」

「温泉ですか！　それは楽しみです。私、温泉って入ったことなくて」

「楽しみにしていてね。ただ、少し遠いのよね。わたくし、道中で馬車に酔ってしまって……何度も休憩を挟んだものだから到着までに余計に日数がかかってしまったの。でも侍医が共に行くのよね？　気分が悪くなったらお薬をもらえばいいわ」

「ええ、そうします」

実は遠出は初めてだ。後宮に来る際に数時間馬車に乗っただけで、胃の辺りがムカムカしたのを思い出す。そう考えると少し不安になってきた。あの時は馬車の中でろくを見つけ、あまりの可愛さに夢中になったものだが、今回はろくを連れて行けないのだから。

「それで、青妃……もうしばらく、ろくの餌と古井戸の供物をお願いしたくて」

「ええ、構わなくてよ。本当なら餌だけでなく青薔宮で面倒を見てあげたかったのだけれど、宮女が連れて来る途中で薫春殿に逃げ戻ってしまったのですって。わたくしが龍の血を引くから嫌だったのかもしれないわ」

青妃は物憂げに息を吐いた。

「いえ、ろくの餌をお願い出来るだけでありがたいです。後で私も薫春殿に様子を見に行ってきます」

「そうして頂戴。餌はちゃんと食べていると報告は受けているけれど、貴方も心配でしょう?」

「それでも室内はまだ立ち入り禁止なのでしょうが……」

「そうね、まだ難しいでしょうね」

酒に鴆毒を入れられたり、睡眠の香を焚かれたりしたのだ。他に危険なものがないか、取調べや検査でしばらく立ち入り禁止になっている。

薫春殿の宮女の中でも、恩永玉は睡眠の香に抗おうと自分を切りつけて傷を負った。他に怪我をしたのは睡眠の香で倒れた時に打ち身を作った宮女と、驚いて転倒し、足首を捻挫した宦官が一名ずつ。他の者は眠っていただけで無事だったし、睡眠の香が体に影響することもないらしい。それでも薫春殿の安全が確認されるまで、もうしばらくかかるだろう。

「きっと離宮から戻ってくる頃には、薫春殿も使えるようになっていると思うわ」

そう慰めるように言う青妃に私は頷く。

「それでは、そろそろ薫春殿を見に行ってきます。離宮から戻ってきたら、またお話しさせてくださいね」

「ええ。何か楽しいことがあったら是非聞かせて頂戴ね」

青妃は体が弱いのだから、あまり長話も良くないと適度なところで切り上げた。

私と安麗俐は青薔宮を出て、日差しにジリジリ焼かれながら薫春殿へ向かう。薫春殿の周囲は木々が生い茂り、他より少しは涼しいかもしれない。しかしいつも整えられていた草木が乱雑に伸びている。たかが一月でも庭師が入らないとすぐに荒れてしまうようだ。

久方ぶりの薫春殿には宦官が何名かいて、今も作業中のようだった。

「朱妃、申し訳ございません。室内はまだお通し出来る状況になく……」

作業をしている宦官のまとめ役がすぐに手を止めて、申し訳なさそうに跪いて頭を垂れる。

「ここで構わないわ。貴方たちも暑い中ありがとう。あの、黒猫を見なかった？　私の飼い猫なのよ。青妃の宮女にお願いして餌を与えてもらっているのだけれど」

「はい、器用に隙間から出入りしているようでございます。日中は、あまり姿を現さないのですが、朝や夕方には庭の方でお見かけします」

宦官がそう言った時、私の声を聞きつけてか、じゅうっとろくの声が聞こえた。

茂みからピョコッと顔を出し、頭には葉っぱをくっつけている。

「ろく！」

「じゅううっ！」

ろくはピョーンと飛び出して、私の腕の中に収まった。もうすっかり元気な様子だ。

一月前、薫春殿が襲われた際、朱華を操る白い石を破壊するのに、ろくはボロボロになるまで勇敢に戦ってくれたのだ。

「ろく！　良かった……」

抱き締めると頬に触れる柔らかな毛並みは綺麗なままだし、特に痩せてもいない。ペロッと頬をザラザラの舌で舐められる。それすらも変わりなく、胸に愛しさが込み上げた。

「じゅう、じゅう！」

ろくはしきりに鳴きながらとある一方を示している。そちらを見れば少し離れた場所に幽霊宮女の汪蘭が微笑んでいた。私のそばに宦官がいるし、安麗俐も一緒だからあえて近付かないようにしているのだろう。

幽霊ながらも元気そうに見える汪蘭に安心し、私は彼女にだけ分かるように小さく頷いた。合図はちゃんと伝わったようで汪蘭の笑みが深くなる。

「ろく、汪蘭をよろしくね。雨了が元気になったら私も薫春殿に戻ってくるから」

そう耳元で囁けば、ろくは了解の意を示して、高らかにじゅう、と鳴いた。

それからぴょんと私の腕の中から飛び降りて汪蘭の方へ戻っていく。尻尾がピーンと真っ直ぐに立ち、僅かに揺れていた。

汪蘭とろくならしばらくの間、留守を任せられるだろう。私はそちらに向かって小さく手を振った。

「安麗俐。お待たせ」

「いえ、構いません。もうよろしいのですか」

「ええ。それと、あともう一箇所だけ行きたいの」

「承知いたしました」

安麗俐は表情を変えず、汪蘭とろくがいる方をじいっと見つめている。私を見ている時と似た目付きだ。やはり鋭い眼差しに見えるのだが、まさか彼女も妖が見える体質だったりするのだろうか。

例えば恩永玉は幽霊宮女の汪蘭の姿がまったく見えなかったが、人によってはうっすら見えたりするのだという。しかしろくの足が六本に見えると宮女の誰からも指摘されたことはなかったから油断していた。

「あ、あの……どうかした？」

私は恐る恐る尋ねる。

「なんでもございません」

「そ、そう……」

話はそれで途絶えてしまう。どっちなのか分からず、私は決まり悪さに手をもぞもぞとさせた。

無言で歩くうちに、古井戸の広場に続く道に差し掛かる。

「案麗俐にはここで待っていてほしいのだけれど……」

「いえ、朱妃をお一人にするわけには参りません」

困った。古井戸の広場には円茘がいるのだ。円茘は幽霊なのだろうか、私は詳しいことは知らない。笑った顔は可愛らしいし、甘いものや茘枝が大好きなのだが、見た目は少し恐ろしい。なんせ斬られた己の首を胸の前で抱えているのだ。

安麗俐の先程の態度も気になるし、もし幽霊が見えてしまう体質だとしたら、円茘を見せるのはちょっとまずい。このまま連れて行って騒ぎにはしたくない。それなら会いたいのを我慢して引き返すべきだろうか。

「朱妃、こちらは幽霊が出るという古井戸でしたか」

「し、知っているの？　ええと、怖くはない？」

「噂話だけですが。しかしご安心ください。幽霊など恐れはしません」

「あの、一応聞くけれど、安麗俐は幽霊を見たことって……」

「ございません。武の達人であれば妖の気配にも勘付くと聞いたことがございますが、恥ずかしながら私はまだその域に達しておりません」

なるほど。では先程ろくや汪蘭の方をじっと見ていたのは、たまたまのようだ。

「分かったわ。じゃあ行きましょう。ちょっとお祈りとかするから、その間だけ少し離れていてもらえるかしら」

「はい」

せっかくここまで来て円茘と話せないのも味気ない。何より彼女は恩人でもある。

直接お礼を言いたいのだ。

　私は安麗俐を連れて古井戸の広場に向かった。

　井戸の前には円茘がいつものように立っていた。足元に台が置かれ、空の皿があるのはきっと頼んだ通り、青妃の宮女がお供えを置いてくれているのだろう。

　円茘は私に気が付き、ニコッと微笑むものの、私の背後にくっついている安麗俐を見て目を丸くした。私がここに来る時はいつも一人だったから驚いているようだ。

「安麗俐、ここまででいいわ」

「しかし井戸の近くは危険では」

「そこの台の手前までだから。井戸の間近には行かないって約束する」

「はい。それくらいでしたら」

　数歩離れる程度なら許してもらえるらしい。

　私は安麗俐に背を向けて、円茘のそばに寄った。お祈りをすると言った手前、手をそれっぽく組み、円茘に向けて囁(ささや)いた。

「円茘、久しぶり。こないだは私と雨了を助けてくれてありがとうね。おかげで無事に逃げられたのよ」

円茘は戸惑うように安麗俐の方へと視線をチラチラ向けていたが、私がこっそりお礼を言うと胸の前に抱えた顔に可愛らしい笑みを浮かべた。

「青妃に頼んでお供えしてもらっているけど、ちゃんと美味しいもの食べている？」

そう聞けば、抱えている首を元気に縦に振った。

「そう、良かった。実はね、雨了の静養で少し遠くに行くのよ。でも、元気になったら戻ってくるし、そうしたらまた改めてお礼に美味しいものを持ってくるから。それまで待っていて」

またブン、と首を縦に振る円茘。嬉しそうに口元が緩んでいる。私もつい笑ってしまった。

「茘枝ね？　なるべくたくさん用意してもらうから」

そう囁けば目をキラキラさせた。

円茘は喋ることは出来ない。しかし意思疎通は出来るし、悪い妖ではない。

私と雨了は妖である玉石に窮地に追いやられたけれど、同じく妖に何度も救われている。人間だって同様だ。世の中には善人も悪人もいる。そして善人だとしても、時に唆されて、悪事に手を染めてしまうことだってある。善悪は簡単に割り切れるものではないのだ。

（安麗俐とも、いつかは打ち解けられるかもしれないし）

そう思いながら振り返る。

安麗俐は無表情で私のお祈りが終わるのを待っている。少し離れた場所でピクリとも動かず背筋を伸ばして真っ直ぐに立っていた。私が見ていなくてもまったく気を緩めることなくしゃんと伸びた背筋は、彼女の真面目な性格を表しているのだろう。

「お待たせ。月影宮に戻りましょうか」

「はい」

重々しく頷く安麗俐。彼女だって、ただ表情が読みにくいだけなのかもしれない。この暑い中、後宮内をウロウロする私に文句の一つも言わず付き添ってくれたのだ。

そう思うと自然と笑みが浮かぶ。

「安麗俐、付き合ってくれてありがとうね」

「いえ。仕事ですから」

しかしやはり安麗俐はじいっと私を射すくめるような目で見つめてくる。

「あの……私に何か付いているかしら？」

「いいえ」

首を傾げていると、ようやく視線は外された。特に理由なんてなく、無意識なのかもしれない。しかしどうにも眼光が鋭いので、睨んでいるのかとつい聞きたくなってしまう。しかし聞いたところで答えてくれないだろう。

――うん、分かり合うにはまだまだ前途多難のようだ。

いよいよ出立の日、朝日が出た頃に起こされた。

旅に出ると言っても妃の私は何の準備もない。忙しいのは周囲だけだ。

陸寧に身支度を整えてもらい、あくびを噛み殺して外へ出ると、馬車数台が並んでいた。既に荷物の積み込みもされているようだ。宦官だけでなく、兵士や従者が多数立ち働いている。さすがにここにいる全員ではないのだろうが、結構な人数が共に向かうようだ。

しかし、まだ早朝だというのに既にじっとりと暑い。馬もなんだか不機嫌そうに嘶いている。

「おはようございます、朱妃」

そんな暑さの中、凛勢は汗一つかかず、涼しげな顔で采配を振っている。一体、凛勢の汗腺はどうなっているのだろうか。

「おはよう、凛勢。すごい馬車ね」

おそらくこの中で一番大きくて立派な馬車に雨了が乗るのだろう。一度乗ったことのある馬車よりずっと大きい。そう仰ぎ見るが、凛勢は首を横に振る。

「いえ、陛下がお乗りになる馬車として、全く相応しくありません」

凛勢は冷ややかな目で馬車を見ている。

「しかし今回はお忍びになりますから。出来る限り目立たない意匠で、かつ寝台ごとお運び出来る大きさに該当する馬車がこれくらいしかありませんでした」

「寝台ごと運ぶの？　そうね、馬車とはいえ、座っているのも疲れるでしょうね」

それだけ雨了の体力が落ちているのだから配慮が必要なのだ。

「はい。陛下の体調を最優先にしながら参ります。朱妃はその隣の馬車となっております。準備がお済みでしたら、どうぞご乗車を」

「あの……私も雨了と同じ馬車に乗るのは駄目かしら？」

凛勢から指示され、私は眉を寄せてそう食い下がった。ほとんど寝ているとは言え、せめて移動中くらいは雨了のそばにいたかった。

だが私のそんな気持ちは凛勢にあっさりと却下されてしまう。

「なりません。陛下のお乗りになる馬車は寝台が入るため、中が狭くなっております。空いた場所に近衛と私が乗り込みます。朱妃のお座りになる場所がございません。どうかご了承ください」

凛勢の言うことはまさしく正論だ。

雨了を守る近衛と、雨了の身の回りの世話をする凛勢は必須だし、私がいても役に立たない。いや、狭いなら邪魔にしかならない。

「近衛で最も腕の立つ秋維成がおりますから、道中もどうぞご安心を」

「秋維成？」

聞き覚えのある名前だ。どこで聞いたのだったか。私は首を捻る。

「ええ、朱妃にご挨拶させましょう」

凛勢が片手を挙げると、馬のそばにいた男性がやってきて私の前に跪いた。軽装だが胸当てをしており、腰には剣を帯びていた。

「秋維成と申します。この度は朱妃にお目通りが叶い、恐悦至極に存じます」

近衛はただの兵ではない。皇帝の警護のために腕の立つ武官だけで構成されているそうだ。凛勢曰く、その中でも最も腕が立つ男。だから秋維成が想像していたよりもずっと若いことに驚き、更に珍しい髪の色に私は目を見開いた。

「赤い髪……」

赤毛というのだろうか。日に焼けて茶色っぽくなった髪とも違う、艶のある赤銅色をしている。

「ああ、この髪ですか。母方が南方の属国の血筋でありますので」

秋維成はニッと笑う。

よくよく見れば瞳は榛色をしている。顔立ちもどことなく外つ国の空気を感じさせた。

年は雨了より幾つか年上といったくらいか。背が高く、隣にいる凛勢が男性にしては小柄な方だから随分と身長差がある。もしかすると雨了よりも大きいかもしれない。近衛だけあってがっしりとした立派な体格をしている。それでいて厳つさは感じさせない。見目麗しく、まるで物語で読んだ外つ国の騎士のような雰囲気だ。

「あ、思い出した！　以前うりょ……コホン、陛下がいざとなったら頼れって言っていた人だわ」

秋維成の名前に聞き覚えがあるはずだ。そしてその発言が出るということは、それだけ雨了の信頼も厚いのだろう。

「なんと……誠に光栄にございます。陛下からのお言葉のみならず、麗しい朱妃にこの秋維成の名を覚えていただけているとは」

秋維成はそう言いながら、片目をパチリと瞑ってみせた。顔立ちが整っていることもあり、いかにも色男といった仕草である。私はついつい顔が引き攣る。きっと秋維成には近衛としての実力があるのだろう。しかしどうにも軽薄そうなのが鼻についた。

「と、まあ堅苦しいのは苦手でして。どうか俺相手には気楽にお過ごしください」

胸に手を当て、そう言う秋維成に、凛勢は冷たい視線を向ける。

「秋維成、朱妃に失礼な態度を取らないように」

「おっと。朱妃、申し訳ありません。どうにも武ばかりの不調法者で」

凛勢にそんな冷ややかな声を出されても秋維成はケロッとしている。私は凛勢にあんな風に言われたら、反射的に謝ってしまいたくなるというのに。武人だけあって胆力もすごいのだろうか。

「ま、まあ、その辺りは臨機応変にしましょうよ。私も堅苦しいのはちょっと……」

「いやあ、さすが陛下の愛妃。話が分かるお方だ」

秋維成を庇うつもりはないが、雨了もなかなか目覚めないし、このままでは旅の間に息が詰まってしまいそうだ。そう思っての発言だったのだが、藪蛇だったかもしれない。

「秋維成。貴方は少し黙っていてください」

凛勢の冷ややかな声が飛んだ。そして視線はすぐ私に向かい、思わず背筋を伸ばす。

「――朱妃、臣下に対し、そういった態度はあまりよろしくありません。陛下の格を下げることに繋がります。ご自覚を持ち、今後は改めてください」

凛勢の眉間にくっきりと皺が刻まれている。冷たい視線も相まって背筋がゾッとしてしまう。

「わ、分かってる。でも今回は陛下の静養のためにお忍びで行くのでしょう？　人前でもそんなに畏まられると、すぐバレて騒ぎになってしまうんじゃないかしら」

「確かにそうですが――」

まずい。なんだか雲行きが怪しい。私だって喧嘩をしたいわけではないのだ。そもそも凜勢は口も達者そうだ。

私は慌てて話を変えることにした。

「あ、そういえば二人は陛下に仕（つか）えて長いのかしら？　そのあたり一度聞いてみたかったのよね」

凜勢はピクリと片眉を上げたが、それ以上の追及はせずに私の問いに答えてくれた。

「私は八年、この秋維成は五年ほど陛下にお仕（つか）えしております」

「へえ、八年！　じゃあ陛下が子供の頃からなのね」

思いの外（ほか）長い。やはり凜勢は年齢が分かりにくいだけで雨了よりも年上のようだ。

「私が宦官（かんがん）となったのはまだ上皇陛下の御世の頃でした。当時、陛下は太子として、政務を本格的に学び始めておりました」

「それだけ長い期間仕（つか）えているのなら、陛下からしても心が許せるのは当然ね」

「お心を許していただいているかはともかく、臣としてこの身を陛下に捧げるのは当然のことです」

凜勢の声が柔らかくなる。ほんのちょこっと態度が軟化した気がしてホッとした。

「俺の方は父が陛下の武芸指南役をしていたことがあるものですから。幼馴染というほど気安くはありませんが、それもあって近衛に引き立てていただいたのです」

「じゃあ親子二代で武芸に優れているのね！」

「はい。とはいえ、親の七光りとならぬよう、武芸を磨き続けて参りましたから、この旅でも陛下と朱妃をこの身に代えてもお守りいたします」

「ええ、よろしくね、秋維成。それから凛勢も。二人がいると心強いわ」

二人は、はっ、と私に礼を取った。よし、なんとかいい感じに誤魔化せた。離宮へ向かう道中でギスギスするのはごめんだ。

凛勢はそのまませかせかと仕事に戻っていく。忙しないが、それだけ采配することが多いのだろう。

「朱妃、馬車の準備が整いました。どうぞこちらへ」

「分かったわ」

この旅に同行してくれる陸寧が呼びに来たので私は頷く。そのまま馬車に向かおうとした私だが、当の陸寧にクイッと袖を引かれた。

「あのぉ朱妃、よろしければご紹介を……」

陸寧はそう言いながら、秋維成を上目遣いで見つめている。

おや、陸寧はこういう人が好みらしい。確かに秋維成は色男だし、普段異性に会うことの少ない宮女ではのぼせ上がってしまうのも無理もないのかもしれない。

秋維成は慣れたように歯を見せて微笑みかけ、陸寧はポッと頬を染めた。

「彼女は陸寧よ。月影宮の宮女なのだけど、私の身の回りのことをしてもらうために同行してもらうの」

「陸寧と申します。武芸並びなしと称される秋維成様にお目にかかれ、誠に光栄にございます」

陸寧は淑やかに秋維成に挨拶をした。

「秋維成だ。陛下の近衛をしている。これほどの美女と同行出来るとはこちらこそ光栄だ。よろしくな」

さらりと出る甘い言葉に陸寧は頬を押さえ、ほう、と息を吐いてうっとりと見つめている。

「その、わ、わたくしのお茶の腕前は、上皇陛下からも覚えめでたく、秋維成様にも是非一度ご披露をと思っておりました。まさかこのような機会があるとは――」

陸寧は顔を赤くして秋維成に必死に言葉を紡いでいる。

しかし、暑い。陸寧の頑張りを見守っていたが長くなりそうだ。日が昇ってきて、早朝と思えない暑さに私は手巾を取り出して汗を拭う。馬車の準備に思いがけず時間がかかり日も高くなってきたため、暑さもひとしおだ。

「あの、どなたか……こちらの荷物はどちらに運べば……」

そんな中、困り顔で荷物を抱え、右往左往している従僕に気が付いた。凛勢は忙しそうに動き回っていて捕まらないのだろう。そして陸寧は相変わらず秋維成にべったりだ。私は暑い中不憫な従僕に声をかけた。

「あ、それは一番後ろの馬車でいいはずよ」

「しゅ、朱妃でいらっしゃいますか！　申し訳ありません。お手間をおかけしてしまい……」

「いいの、いいの。暑くて大変だけど残りの荷物もよろしくね」

「は、ははーっ！」

従僕は畏まって体が折れてしまうのではというくらい頭を下げた。

「……悪いことしたかしら。それにしても暑いわ」

そう呟くと、不意に涼しくなる。不思議に思ったのも束の間、私の真後ろに安麗俐が立っていた。

「わっ、ビックリした！」

背の高い安麗俐の陰に入ったから涼しく感じたのだ。安麗俐は朝の爽やかさを微塵も感じさせない、いつもの仏頂面だ。

「驚かせてしまいましたか。急に近寄り、申し訳ありませんでした」

「ううん。足音がしなかったものだから」

「陸寧も同行すると伺っていましたが、いないのですか」

「あっちよ」

陸寧はまだ秋維成に張り付き、何事かを話しかけている。さすがに秋維成もうんざりしているようだ。

「ああ分かった、分かった。もう話は結構だ。――朱妃、そちらの美しい方は？」

秋維成は話を無理矢理打ち切り、こちらに歩み寄ってくる。

「秋維成、彼女は私の護衛よ」

挨拶するよう促すと安麗俐はビシッと礼を取った。

「月影宮にて護衛女官をしております安麗俐と申します。この度は朱妃の護衛を務めさせていただきます。どうぞよろしくお願いいたします」

「安麗俐か、美しい名だな。俺は秋維成だ。実は先程から気になっていたんだ」

秋維成は外つ国の騎士のような風貌に甘い笑みを浮かべた。

「すぐそばに来るまで朱妃が気が付かれなかったのも無理はありません。彼女の立ち振る舞いは武人として素晴らしい。足運びが綺麗でまったく隙がない」

秋維成はベタ褒めである。陸寧はそんな秋維成を追いかけてきて唇を尖らせた。秋維成に無視された形になってしまい、気分を害してしまったようだ
「ひどい方っ……わたくしがまだ話している最中でしたのに！」

「悪いが、自分の本分を放ったらかしにするようなのは、どんな美女でもお断りでね」

「まあっ！」

陸寧は顔を真っ赤にし、秋維成をすごい目で睨んでいる。

とはいえ安麗俐は褒め殺す秋維成に眉一つ上げることさえしなかった。

「朱妃、挨拶はもう済みました。暑い外ではなく、どうぞ馬車に」

「待ってくれ。あんたは姿勢がいいし、体幹がしっかりしている。さぞかし手練れなのだろうと思ってな。得意武器はなんだ？　一度手合わせをしてみたい！」

安麗俐にそう食い下がる秋維成。

当の安麗俐は頬を赤らめるどころか迷惑そうに眉を寄せた。

「申し訳ありませんが、私はただの護衛女官です。近衛である秋維成様と手合わせなど、分不相応にも程がございます。それでは」

安麗俐は淡々と礼をして私を促すように背に手を当てた。

しかし秋維成はめげた様子はない。

「ああ、残念だ……。おや、美しい人があちらにも」

今度は周囲の宮女に手をひらひらと振り、更には馬車を引く馬の中でも雌馬にだけ撫でてやったりしている。移り気な様子は枝から枝へと飛び回る鳥のようだ。

行動はあまりに軽薄で、女ならなんでも良いとしか思えない。そのくせ怒らせた陸寧はそのまま放ったらかしときた。陸寧にあんなことを言った割に、秋維成本人は何か仕事をするでもない。こんなちゃらんぽらんな男、薫春殿の宮女には絶対に会わせたくないものだ。

そして問題なのは陸寧である。いつも通りにこやかに振る舞っているようで頬がヒクヒクと引き攣っている。秋維成に冷たくあしらわれたのがよほど耐え難かったのだろう。

雨了とは馬車すら別だし、チャラチャラした秋維成に冷ややかな凛勢だけでなく、陸寧までも不機嫌になってしまい、安麗俐とはまだ打ち解けられないときた。

この旅の先行きに不安しか感じず、私は馬車に乗る前から胃の腑あたりに嫌なものを感じる。薫春殿にいた時に手慰(てなぐさ)みに作っていた胃薬が今こそ欲しいとしみじみ思ってしまう。そんな前途多難な旅路の始まりだった。

馬車に乗り込み、しばらくするとゆっくり走り出した。

私にあてがわれた馬車も大きくて立派だ。中は広々としていてゆとりがある。内部は紗(しゃ)で仕切ることが出来るので、眠りたい時にも良さそうだ。左右の窓にも日覆いが掛けられている。

それはいいのだが、いかんせん暑い。

覆いがされているから風が通らず、馬車の中は熱がこもってしまっている。更に、座面には座り心地を良くするために、ふかふかな毛皮が敷き詰められているのだ。一応、上に亜麻布(あまぬの)が掛けられているが、上質な黒褐色の毛皮は保温性が高く、この時期では座っているだけで暑苦しい。

それに同乗している安麗俐は無口だし、陸寧は先程のことで拗ねたまま機嫌が直っていない。馬車の中はひたすらに沈黙が流れていた。

馬車酔いする前に胃がどうにかなりそうだし、とにかく暑さでしんどい。

「あ、あの、陸寧。窓を少し開けてもらってもいいかしら」

「まあ、日差しが入ってきますよ。朱妃が日焼けしてしまっては大変でしょう」

陸寧はこれまでの優しく親切な仕事ぶりはどこへ行ったのか、チクリと刺すような物言いだった。

「少しだけよ。外の景色も見たいから」

「いけません。まだ汚(けが)らしい街中ですわ。もうしばらくすれば街道に出ますから、それまで辛抱なさってくださいませ」

何を言っても陸寧は開けてくれるつもりはないようだ。

どうやら私に日焼けをさせたくないというより、自分が日焼けをしたくないから開けたくないのだと薄々察した。

はあ、と息を吐いた私に、反対側に座る安麗俐が視線を向けてくる。

「でしたらこちら側を少し開けましょう。少しだけなら日差しは入りませんし、風を通した方が酔いにくいはずです」

安麗俐はそう言って、日覆いに隙間を作ってくれた。少しとはいえ心地好い風が吹き抜けて私はホッとする。

陸寧は自分の意見を無視されたと思ったのか、眉を寄せてツン、と安麗俐にそっぽを向いてしまった。すっかりご機嫌斜めだ。

「朱妃、眠れるようなら眠ってしまった方がいいです。寝不足も気分が悪くなることがありますから」

安麗俐は馬車の旅に慣れているようで私にそう教えてくれる。口調は相変わらずぶっきらぼうながら、それでも気を遣ってくれているのだろう。私も安麗俐の仏頂面に慣れてきたのかもしれない。

「そうね、少し眠るわ。陸寧や安麗俐もゆっくりしてね」

私はそう言って目を閉じた。朝が早かったから少し眠くなってきたのは事実だった。

馬車に揺られてゆらゆらとしていると、先を行く雨了の乗った馬車のごとごとという音も聞こえる気がする。

雨了に会いたい。すぐそばにいるのに話すことも出来ないなんて、それはやっぱり寂しい。

——会いたいな、また夢で雨了に会えないだろうか。

目を閉じてそう考えているだけで、体から力が抜けていく。やがて夢と現の境が溶けていった。

ごとんごとんと車両が揺れる単調な音がしていた。

ふと目を開くと、やっぱり馬車にいる。眠ったつもりだったけれど、すぐに目を覚ましてしまったのだろうか。そう思ったが、馬車の内部がさっきと異なる。

広いのに狭い——その理由はすぐに分かった。

『雨了——』

内側の大半を占めている寝台に雨了が寝かされている。

その横のそう広くもない隙間に凜勢が背筋を伸ばして座り、隣には秋維成が大柄な体を縮めながら片足を組んで座っていた。

つまり、ここは私の馬車の前を走っている雨了の馬車なのだ。

また寝ている間に魂が抜けてしまったらしい。戻る時には自分の体を思い浮かべればいい。以前、夢の中で雨了に教わったことを思い出して心を落ち着かせた。

今回はそれほど距離も離れていないし、何かあればすぐ戻ればいいだけだ。雨了の馬車に乗れなかったが、こうして雨了のそばに来られたのだ。せっかくだし目が覚めるまで堪能しよう。

そう思って私は馬車の内部に視線を向ける。私が乗っている方とは色々違いがあるので観察しているだけで楽しい。

秋維成だけでなく、凛勢も背筋は伸びているが、それなりに寛いでいるのが表情で分かる。凛勢と秋維成は水と油のように気が合わなそうに見えるが、長い付き合いの同僚のようなものだと考えれば、案外気心の知れた仲なのかもしれない。

キョロキョロとあちこちに目を向けていると、不意に秋維成と目があった。

「む……？」

秋維成は片眉を上げ、左右にさっと視線を走らせる。ピリッと空気が緊張する。そのただならぬ様子に私も緊張した。

『見えていたりする……？　いや、まさかね』

「秋維成、どうしました」

凛勢はすぐに秋維成の変化に気が付いたらしい。秋維成も緊張感をみなぎらせたまま右手を腰の剣に当てている。すぐに抜けるようにするためなのは私にも察しが付いた。

「何か……いるな」

「敵ですか」

「いや、妖……幽鬼の類か？　女の匂いがする」

クン、と秋維成は鼻を鳴らす。その視線は馬車内をふわふわと移動する私の方に向けられている。

私はさあっと血の気が引いた。

『うわ、完全にバレてるよね⁉』

そういえば安麗俐が、武の達人であれば妖の気配に気付くと言っていた。秋維成は近衛の中でも腕利き。まさにその武の達人なのだろう。そして今の私は幽霊のようなものだ。秋維成に私の存在が感じ取れるのだとしたら。

もうさっさと体に戻った方が良さそうだ。しかし慌て過ぎて心が落ち着かず、己の体を上手く思い出せない。

『どうしよう……どうしよう……！』

魂だけで実体がないとはいえ、この状態で切られたらどうなってしまうのだろう。

ヒュン、と空を切る音がして、私がいるすぐ横を秋維成の剣がかすめた。目にも留まらぬ速度で剣を抜いたのだ。その太刀筋にゾッとする。もうあと少しズレていたら斬られていた。

「陛下に当たったらどうするのですか」

「当てるわけないだろう、この俺が。……だが今のはハズレだ」

凛勢は淡々と、秋維成は榛色の目をギラギラとさせながらそう言った。

「しかしこの気配……前にもどこかで」

はて、と首を傾げる秋維成。手は止まったものの、秋維成の剣の速度は、私では避けられるはずがない。とにかくこの場から立ち去らねばと思った時、首根っこを掴まれてグイッと背後に引っ張られた。

『えっ……何っ⁉』

引っ張る手は雨了の方からだ。私は訳も分からぬまま、スポーンと雨了の体に引っ張り込まれる。

「……ん、消えた。いや、離れてったのか？」

秋維成がそう呟いたのが最後に聞こえた。


ここはどこだろう。

白い世界だ。上も下も真っ白で、どこだか分からない。そう思っているとと霧が晴れるように地面が少しずつ現れる。足元は葦の茂みだ。そして上に空が出来て川のせせらぎが聞こえ始める。

『莉珠……』

『う、雨了⁉』

目の前に雨了がパッと現れた。しかしその姿は知っている雨了よりもずっと小さい。そして少女の着物を羽織っている。それは十年前、私と初めて会った時の雨了の姿だった。

『雨了、よね？』

『雨了よね、ではない。まったく、危ないところだったのだぞ』

幼い雨了は眉を寄せ、私にデコピンを一発。

『いたっ！』

私は打たれたところを押さえる。実体ではないはずなのに痛い。

『まったく、秋維成を侮るな。ちゃらんぽらんに見えて、近衛に相応しい実力の持ち主だ。実体ではなくとも秋維成に斬られたらただでは済まない。あやつの剣は妖だろうと一刀両断するのだからな。下手をしたら魂が切られ、そのまま目が覚めずに死んでいたぞ』

『ひえっ……』

寒さは感じないはずなのに、ゾッと震えが走る。

『だが、無事で良かった。なかなか戻る様子がないから、ひとまず俺の夢に引っ張り込んだのだが』

『じゃあ、ここは雨了の夢の中ってこと？』

私は辺りをキョロキョロと見回した。どことなく見覚えのある川のほとり。

『あれ、ここって私と雨了が初めて会った場所の近くじゃない？』

どうりで見覚えがあるはずだと手を打てば、幼い雨了の頬が赤く染まった。

『悪いか？　俺が初恋の時の夢を見ていたいと思っては』

　その言葉に、私の方まで頬が熱くなる。

『莉珠と出会ってから、俺は何度もここでの夢を見ていた。目が覚めてしまうと消えてしまう泡沫（うたかた）のような夢だったが。何か忘れていることだけが残り、苦しくてたまらないこともあった。しかしもう忘れはしない』

　私との出会いを夢にまで見るほど思ってくれているのが嬉しくて、そして恥ずかしい。

　こっちだ、と幼い雨了に手を引かれ、二人で川の浅瀬をチャプチャプ歩く。夢の中だから川の水は冷たさを感じない。歩くたびに跳ね上がる水飛沫がキラキラ光って美しい光景だ。不意に雨了は足を止め、振り返った。その青い瞳は水飛沫より煌（きら）めいて、私の胸を突く。

『ここだろう？　俺と莉珠が初めて会った場所だ』

『懐かしい……。よくこの辺りで薬草を摘（つ）んだなぁ。あの時も本当に偶然、薬草を摘（つ）みに来てたんだ』

　あれが全ての始まりだった。

幼い姿の雨了はニコッと笑う。それは人魚なのだと言っていた当時の雨了と何も変わらない微笑みだった。

『――あの時、幼いそなたはとても愛らしかった。全てに絶望し、いっそこのまま死んでしまいたいと思っていた俺が、生きたいと願ってしまうほどに』

『……子供の頃の私だけ？』

『まさか。今でも俺にとって一番愛らしく、そして大切な存在だ。……いや、もっともっと愛しくなった』

幼い雨了は背伸びをして私の額にチュッと軽い音を立てて口付けた。

胸がきゅうっと切なくて、でも温かい。

『私も雨了が好き。大好き。ふふ、私の人魚さん』

雨了をぎゅうっと抱きしめる。少女にしか見えない雨了は私の腕の中にすっぽりと収まった。なんて小さくて細く、弱々しいのだろう。

幼い雨了への愛しさが、そして同時に悲しさも胸に込み上げる。

こんな小さかった雨了が死にたくなってしまうほど辛いことをたくさん見たのだ。こうして抱きしめて、辛いことから守ってあげたかった。

『私が雨了より年上だったら……ううん、せめて同い年だったら、小さな雨了のためにしてあげられることが、もっとたくさんあったのに……』

そう呟くと、幼い雨了の細い腕が私を抱き返した。

『いいや、俺は莉珠に何かして欲しいわけではないのだ』

抱きしめていた腕がスルッと解かれ、驚いて顔を上げる。目の前の雨了はいつの間にか大人の姿になっていた。雨了の大きな手のひらが私の頬を撫でる。青い瞳に熱がこもり、私をじっと見ていた。

『ただ、そなたが幸せで笑っていてくれさえすれば良い。それだけで俺は愛しいという この気持ちが、胸の奥からいくらでも湧いてくるのだから』

ぎゅうっと再度強く抱きしめられた。大人の雨了は大きくて、腕も長くて、私のことをすっぽり包み込んでしまえる。

額に、頬に、何度も啄むような軽い口付けを落とされて、私はクスクスと笑った。

『くすぐったいよ。……なんだかさ、こうして喋るの、すごく久しぶりだね』

『そうだな。そなたには迷惑ばかりかけてしまって……すまないな』

『そんなの、別に迷惑とかそういうのじゃないから。ただね、雨了に会いたいなーって、私が勝手に寂しくなっちゃっただけ』

『そうか』

『私、雨了とお喋りするの、好き。なんでもない会話してさ、最近だと蝉がうるさいとか、竹林がそよがないから暑いよね、とかそういう話をしたかった。それからね、頭撫でてもらったり……抱きしめてもらったりとか……ってなんか本音がポロポロ出ちゃう！　何これ！』

言っているうちに恥ずかしくなってしまった。雨了の腕から抜け出て、暑さは感じないはずの顔をパタパタと扇ぐ。

『肉体がないからであろうな。ここにいる俺たちは霊体――本音そのままなのだ。この状態で心を隠すのは難しい』

『そうなんだ？　じゃあ、私のこと、好き？』

『ああ、好きだ。何よりも愛しい。何度でも言おう。そなたは俺にとってなくてはならない存在だ』

私はニマニマと笑いが堪えられない。

『えへへ……あのね、私も雨了がだーい好き』

私の頬に雨了の指が伸ばされる。頬を優しく撫でる指が心地好くて、私は目を閉じた。

『莉珠……口付けしても良いか？』

私は目を閉じたまま無言で頷いた。

唇にそっと触れる感触。その柔らかさは夢の中なのに現実とまったく変わらない。

胸の奥から雨了への愛しさが込み上げてきて止まらない。

——ああ、私は雨了がこんなにも好きだ。好きで好きでたまらない。

薄く目を開くと、間近に雨了の整った顔がある。その青く光る瞳を、私はうっとりと見つめた。

第三章

身体がゆらゆらと揺れている。

ハッと目を覚ました私は、背負われていることに気が付いて息を呑んだ。

「あれ……私、寝て……えっ、安麗俐⁉」

しかも私を背負っているのは安麗俐だったのだ。まさかのことに彼女の背中の上で目を丸くした。

「おはようございます。野営の場所に着きましたが、お目覚めにならなかったので運んでおります。恐れ入りますがもう少しだけご辛抱を」

安麗俐はいつものように淡々と言い、私を背負っているとは思えない足取りでスタスタと進んでいく。

そうだった。私は眠っていたのだ。そして例によって体から抜け出てしまい、夢の中で雨了に会っていたのだが、いつの間にか戻ってきたらしい。

「もう目が覚めたし、下りるわ！」

「いえ、朱妃の靴は陸寧が持っていってしまいましたので。裸足（はだし）で下ろすわけには参りません」

「……わ、本当だ」

それだけぐっすり眠っていたのだろう。靴を脱がされ、安麗俐に背負われてもすぐには起きないほどに。

「安麗俐、ごめんなさい。重いでしょう」

護衛の彼女に余計な仕事をさせてしまって申し訳ない。

「そんなことはありません。とても軽いので驚きました。それに雨が止（や）んだばかりですから、靴が汚れてしまうよりはと思いまして」

地面は濡れ、草に水滴が付いている。確かに、このまま歩き回ったら着物や靴を汚してしまうかもしれない。何しろ私の着物や靴は目が飛び出るほど高いのだ。汚すかもと考えただけで罪悪感に苛まれてしまう。

「この辺りはザーッと降ってすぐに止（や）むにわか雨が多いのです。その代わり、少しは涼しいでしょうか」

「そうかも。湿気はすごいけど」

雨が降ったことで気温が少し下がったようだ。心地好い風が吹き抜ける。後宮や月影宮より涼しい。これなら雨了の体にも負担は少ないはずだ。

私はせめて安麗俐に変な負担をかけないように体の力を抜いた。安麗俐は軽いと言うけれど、重くないはずはないのだ。それにしても私を軽々と運べる彼女の体格の良さは羨ましい。

てくてくと歩く安麗俐の肩越しに周囲の景色をぼんやりと眺める。

日が傾いて、水溜りを茜色に染め上げている。いつの間にかもう夕方になっていた。けれど夢の中で雨了とずっと話していたから、あまり長く寝ていた気はしない。これだけ長く寝ていたなら夜眠れないかもしれない。

野営地は街道沿いの広場のようだ。雨了用に天幕も大きいものを張るのだろう。別の馬車で同行していた人々が作業をしているのが見える。お忍びといってもここまで規模が大きいと、すぐばれてしまいそうだ。それでもさすがに皇帝陛下本人がいるとは思われないのだろうか。

街道沿いには大きな木がたくさんあって、広場の目隠しにもなっている。

「あ、あれ栗鼠かしら」

　不意に木の枝がかさりと動き、小さな生き物がチョロチョロと枝の上で動くのが見えた。ふさっとした大きめな尻尾から、おそらくは栗鼠だ。

「どこですか」

　安麗俐は私の発言を流すかと思ったが、足を止めてキョロキョロとしている。

「左側の木の枝よ。真ん中あたり」

「見つけました。丸々としています」

　栗鼠は枝の上で立ち止まり、手で顔を擦っている。ふわふわの毛皮に大振りの尻尾は愛らしい。猫派だけれど、こうして見ると栗鼠もいいものだ。

「顔をくしくしってしてる。可愛いわね」

「……ええ、本当に。とても可愛らしいです」

　安麗俐はそう言って、栗鼠の方をじいっと見つめて動かない。

「あの、安麗俐って栗鼠が好きなの？」

　そう問えば、安麗俐の肩がビクッと揺れた。

「その……好きです。顔に似合わずというのは分かっておりますが、小さな動物の類は、総じて可愛らしいと……」

　安麗俐にしては珍しく言葉を濁している。

「……も、もしかして、気付かれていましたか？　朱妃と後宮に行った際、朱妃の飼われている猫があまりにも可愛らしくて……つい、長々と見つめてしまいました」

「えっ、そうだったの⁉　何を気にしているのかしらとは思っていたけど」

　私は驚いて声を上げた。あの時はろくが六本足の妖（あやかし）だとバレやしないか、そして幽霊宮女の汪蘭に気が付かれないかとヒヤヒヤしていたのだ。

「ああ……藪蛇でしたか。お恥ずかしい」

　そう呟く彼女の耳が赤くて、私はニンマリとした。夕焼けの照り返しのせいではない。照れている安麗俐という貴重なものを見ることができてしまった。

「ふふ、安麗俐ってば可愛い」

「……おやめください。私のような背ばかり大きい醜女（しこめ）を揶揄（からか）わないでください」

「醜女（しこめ）って……全然そんなことないのに」

　安麗俐はスラッとした体形で大人っぽい。『可愛い』よりは『格好良い』が似合うけれど、醜女（しこめ）だなんてとても思えない。

「可愛いとは朱妃のようなお方を言うのです。さあ、参りましょう」

安麗俐はまた黙々と歩き出した。

もしかして、これまで安麗俐が私のことをじっと見ていることがたびたびあったが、私のことを小動物的な可愛さのある人間だと思っているのでは。私はそんなことを考えて、さっきの安麗俐より耳を赤くしたのだった。

（でも、ちょっとだけ安麗俐のことが分かったかも）

安麗俐は可愛い生き物が好き。今度、ろくの話でもしてみようか。盛り上がるかもしれない。それから、背負われてゆらゆらと運ばれるのは案外心地が良いってことも初めて知った。思いがけぬ発見だ。

背負われたまま野営地に着いた。白っぽい天幕が幾つも張られている。馬車だけでなくこちらでも雨了とは別だった。

「陛下は診察中でございます」

雨了は着いたら真っ先に侍医の診察があるとのことで、凛勢にすげなく追い返された。起きている時は顔すら見られないのだ。

「ちょっとだけ、顔を見るだけでいいから！」

「明朝も朝日が出た頃の出発となります。朱妃も早めにご就寝なさってください」

私が唇を尖らせても、凛勢は表情一つ変えない。

「はぁい……」

私は渋々返事をした。

着いたといっても、ここはまだ途中。これから何日も馬車に乗らなければならない。

私は自分の天幕に戻り、体を伸ばした。ずっと寝ていたとはいえ、馬車に乗りっぱなしで体がカチコチになっている。

雨了も一日中寝ていては、身体がカチコチどころではなさそうだが、それを差し引いても、暑さでの体力消耗を防いで眠り続ける方が良いのだろう。

「あ、陸寧」

陸寧は天幕内で忙しそうにしていたが、ようやく手が空いたようなので声をかけた。

「長旅お疲れ様。ずっと馬車に乗っているのもくたびれちゃうわよね」

「ええ……本当に疲れました。何度か胃の腑の薬をいただきました」

陸寧は顔に疲れを滲ませている。馬車に酔ったのもあるのだろう。せっかくの美人が台無しだ。

「しかもようやく止まったと思えば、野営だと聞いてゾッといたしました。もう少し先まで行けば宿のある街がありますのに、何故こんなところで夜を明かさねばならないのでしょう……」

もううんざりと言った口調で首を横に振っている。宮女は裕福な商家など、良家の子女が多い。きっと野営は生まれて初めてなのだろう。私も初めてではあるが、朱家にいた頃は春先の寒い板の間で布団もなく寝たことだってあるので、これだけ快適そうに気を配られた天幕で夜を明かすのに思うところはない。むしろ少しワクワクしていたくらいだ。

「私はちょっと楽しいかも」

「そ、そうですか……」

私の返答に陸寧は頬をひくりとさせる。

「あ、でも座っているだけの私と違って陸寧は忙しいものね。ついてきてくれてありがとう。私、陸寧なら安心出来ると思って、嬉しかったのよ」

もしかすると、陸寧は私に同行したくなかったのかもしれない。慌ててそう言ったのだが、陸寧は目を逸らしたままだった。

「ええ……然様でございますか」

言い方も何だかそっけない。馬車に長時間乗っているのは慣れないと大変だし、いつもと違う場所での仕事は気が休まらないのだろう。陸寧の機嫌を損ねたいわけではなかったのだが、言葉選びに失敗したかもしれない。

きっと陸寧も息が詰まっているのだろう。少し天幕から出て気分転換をしてもらおうか。そこでさっきの栗鼠を思い出した。

「あ、そうだ。さっき外の木の上に栗鼠を見たの。尻尾がふさふさで可愛かった。まだいるかもしれないわ。もし手が空いたなら見てきたら？」

栗鼠は可愛らしかったし、みんながみんな動物好きではないだろうが、可愛らしい動物なら好む人は多いだろう。

しかし陸寧はキッと柳眉を吊り上げた。

「まあ栗鼠だなんて汚らしい！　あんなもの、尻尾の太い鼠ではありませんか！」

その強い拒否に、私は思わずたじろぐ。

「そ、そんな……鼠とは違うでしょう。毛もふわふわだし、餌も残飯じゃなくて木の実を食べるのだから、別に汚くもないと思うけど……」

「いいえ、昔から栗鼠に触ると病になると言われていますよ。変な虫が付いているかもしれません。まさか、触ってなどいませんよね⁉」

「さ、触ってないわ。ねえ陸寧、落ち着いて。栗鼠が嫌いなのに話に出したのは私が悪かったから……」

穏やかでいつもにこやかだった彼女は、今日はひどく苛々している。こんな感情的なのは一時期後宮で頻繁に見た黒い靄――淀みが憑いているのではと危ぶんだが、彼女の体のどこにも淀みは見えない。ならば、ただ不機嫌なだけなのか。それにしては癇癪がひどすぎる。

陸寧はまじまじと見つめる私の視線に気付いたのか、ハッと額を押さえる。

「……申し訳ありません。少し疲れが出たようです。朱妃のご用がお済みでしたら下がらせていただきます」

「う、うん。私の方は大丈夫だから、ゆっくり休んで。慣れない旅で気が昂っているのかもしれないから」

「はい、失礼いたします」

陸寧は私の天幕から出て行く。すぐ外に人の気配はあるものの、天幕の中で私はようやく一人きりになり、息を吐いた。

疲れると態度が刺々しくなることくらいあるだろう。一晩ゆっくり休めば、きっといつもの優しい陸寧に戻るはずだ。とはいえ私もなんだかひどく疲れた。横になってみるが、馬車の中で寝過ぎたからか眠気は一向に訪れない。

しばらくゴロゴロしていたが、眠れないものは眠れない。私は諦めて起き上がった。

「外の空気でも吸おうかな……」

天幕から出ると、戸口の脇に安麗俐が立っていた。

「安麗俐！　もしかしてずっとそこにいたの？」

「はい。それが護衛の仕事ですので」

「でも、それじゃ寝る時間が……」

「大丈夫です。時間で交代いたしますから。それよりもどうかなさいましたか？　何かご用でしたら陸寧を呼びましょうか？」

「ううん、昼間に寝過ぎたみたいで眠れなくて。ちょっと外の空気を吸いに散歩でもしようかなって」

「でしたらお供いたします」

「そんな、悪いわよ」

「いえ、夜間は何が危険になるか分かりません。私はそのための護衛なのですから、遠慮なくどうぞ」

「……ありがとう。じゃあお願いしようかな」

　私が歩き出すと安麗俐が静かに付き従ってくる。薫春殿にいた頃は案外自由に過ごせたけれど、外では同じようにはいかないのだ。私も切り替えなければならない。

　空を見上げると雲の間から星がチカチカと瞬いている。良く光っているのが四つ。小さな星は数えきれないくらい。

「星が見えますね。この辺りは曇り空が多いので、朱妃は運がよろしいのでしょう」

　珍しく安麗俐から話しかけてくれて、私は薄く微笑む。

「そうだといいけど。安麗俐は星が好き？」

「好きというほどでは……。ただ、故郷では星がたくさん見えたので、星を見ると少しホッとします」

「へえー。そういえば、安麗俐ってどこ出身なの？」

「知州です。今向かっている離宮の近くなのです。だからこそ今回、私が朱妃の護衛に選ばれました。何かあった場合、土地勘がある方が有利ですから」

「そうなんだ！　ねえ、知州ってどんなところ？」

「そうですね……水が綺麗で、緑が豊かです。今年はどこも異様なほど暑いですが、例年でしたら夏でもうんと涼しいですよ。特に朝晩は寒いくらいで。その分冬の寒さは厳しいです。雪もたくさん降ります」

「そんなに涼しいのね。夏は過ごしやすそう。他は？」

「農業が盛んです。産業はそのほとんどが農業です。田舎なのでこれといった名所や観光地もなく……ただ、変わった生業の者が近隣におりました」

「どんな？」

「星見です。詳しくは知りませんが、星空を見て占いをする一族です。おそらく、星が良く見える地域だからなのでしょう」

「星見……占いとか神託とかする人ってことよね。へえ、面白そう！」

「面白いかはどうでしょう。子供の頃しか関わりがありませんでしたが、星見の一族に幼馴染がいまして。田舎なので歳の近い子供は少なかったのです。なので、山道を一時間歩いて星見の里に行って遊ぶ、なんてこともありました。そんな子供時代だったので足腰が鍛えられたのかもしれません」

「星見の子ってどんな子だったの？　安麗俐は星見のやり方とか聞いたりしなかった？」

私はそわそわして、話の続きを強請る。まるで子供みたいだと、自分でも思いながら。安麗俐もそう思ったのか、唇が笑みの形を作っている。仏頂面の多い安麗俐には珍しいことだ。

「お互い子供でしたから、星見についてはよく分かりませんでした。その娘は朱妃のように可愛らしい女の子で……目が良いと言われていましたね。今頃はどうしているのでしょうか。私は子供の頃から武芸を習っていまして、その縁があり、十代で故郷から出て士官をすることになったので、それからもう十年以上会ってはいません。ですが、今頃は結婚しておそらくは子供もいるでしょう。故郷では私くらいの歳で結婚していない女は滅多にいませんでしたから」

「この旅で会えたらいいわね」

「それは難しいでしょう。星見の里は離宮の手前で道を逸れてしまうので。ですが、久しぶりに会ってみたい気持ちはありますね」

しい。

安麗俐の表情はとても柔らかい。きっと良い思い出なのだろう。私も聞いていて楽

「おや、そろそろ護衛の交代の時刻です。朱妃が望むのでしたら断りを入れてもう少し話を続けますが、どうしますか？」

安麗俐の話を聞いていたら夜もすっかり更けてしまったらしい。

「うーん、そろそろ横になっておくわ。安麗俐にもちゃんと休んで欲しいから」

「承知しました。では戻りましょう」

いつの間にか雲が広がり、星もほとんど隠されてしまっていた。安麗俐の話に夢中になってしまって、空もろくに見ていなかったのだ。

「安麗俐の話、楽しかった。ありがとう！」

「いえ、朱妃の無聊の慰めになったのでしたら光栄です」

安麗俐は深々と頭を下げる。

「あのね、安麗俐と少し仲良くなれたみたいで嬉しい。良かったら、また話を聞かせて欲しいわ」

「……ええ、機会がありましたら」

安麗俐はもう微笑んではいなかったけれど、篝火に照らされた彼女の耳はさっきと同様に赤く染まっているみたいだった。

「おやすみなさい」

外の空気を吸って気分転換をしたのが功を奏したのか、なんとか浅い眠りにつくことが出来た。

次の日、陸寧も一晩休んだのが良かったのか、機嫌も直り、私にいつもの穏やかな微笑みを向けてくれる。安麗俐とも少し仲良くなれた気がするし、馬車の旅も随分気が楽になった。私の方も馬車で寝こけてしまうと夜が眠れないと気付いてからは、馬車ではなるべく起きて過ごした。それに雨了と夢で話はしたいけれど、秋維成に斬られそうになるのは真っ平ごめんだからだ。

チャラチャラした秋維成と、冷淡な凛勢は相変わらずだけれど、彼らの主人は私でなく雨了なのだから、私が口を出すのもお門違いだ。

それからは順調に進み、早くも数日が過ぎた。

予定通りなら今日中に離宮に到着するはずだ。

「ねえ、道の端で何か売っている人がいるわ」

私は馬車の日覆いの隙間から外をこっそり眺める。街道沿いに屋台のような簡易的な店がチラホラあり、子供や老人が馬車に向かって手を振るのが見えた。

「このあたりの夏の風物詩です。農夫が自分の土地で作った果物や野菜をああして街道を通る人に売っているのです。老人や子供が多いでしょう。日中、大人は農作業をしていますが、手の空いた老人や子供があやってお小遣い稼ぎをしているのですよ」

安麗俐がそう教えてくれる。

「へえー。わあ、水瓜(すいか)が売ってる！　すごく大きい！」

今日も暑く、喉がカラカラだった。喉の渇きを癒(いや)せそうな大きな水瓜に思わず喉が鳴る。

「農夫が自分の家用に作っているものですから、献上品のように甘くはないでしょうが、こう暑いとむしろ甘みの少ない水瓜(すいか)の方が美味(おい)しいかもしれませんね」

「そうねえ。見ていると食べたくなっちゃうわ」

私がそう言うと、安麗俐は少し考えてから返答した。

「でしたら、次の休憩で馬車が止まっている間に買ってきましょうか。馬を借りればすぐに行ってこられますから」

「え、いいの？」

そんな私と安麗俐の会話に、陸寧はクスクスと笑った。

「まあ、水瓜ですか？　いけませんよ。朱妃ったら、そんなものを召し上がったらお腹を壊してしまいますわ。喉が乾いたからと水瓜を食べ過ぎると、おへそから芽が出てくるなんて話もありますもの」

「ああ……確かにね。馬車の旅でお腹を壊したら悲惨よね」

私は想像してゾッとする。街道はどこでも休憩できるわけではない。馬車も何台も連なっているから、勝手に止まるわけにいかないのだ。

「そうですね。朱妃、差し出口を失礼いたしました。陸寧も申し訳ない」

「薄荷葉の茶葉がまだございますから、休憩時にはそちらをお飲みくださいね」

安麗俐は陸寧に謝り、陸寧は機嫌良く微笑んでいる。

「今日中には離宮に着けそうなのでしょう。それならこの暑いのもあと少しの辛抱だものね」

「ええ、そうですとも。水瓜など食べなくてもいいのですよ」

陸寧はニッコリ笑う。この数日、天幕での寝泊まりがそんなに嫌だったのか、夕方になると不機嫌になっていたものだが、さすがに今日中に離宮に到着すると思えば機嫌も良くなるようだ。

「前の休憩で進み具合を確認して参りましたが、今のところ順調ですね。ただ、妙に暑い気はします。この辺りだと、例年はもっと涼しいはずなのですが」

安麗俐は心配そうに眉を寄せた。

「離宮は山の上ですから、きっと涼しいですわ。陛下もすぐに良くなります」

「そうだといいわね」

私は額の汗を拭った。避暑地に向かっているはずなのに、実感するほど涼しくなった気はしなかった。


しばらくして最後の休憩地点に到着した。山が間近にある景色は新鮮だ。

地面に降りると青々とした草いきれに満ちていた。深呼吸すると体の内側から綺麗になるかのようだ。風がさあっと吹き抜けては髪を嬲る。

まだ暑いけれど、なんとも心地の良い場所だ。おそらくは壁巍の言っていた龍脈の流れが良い場所に近付いたからだ。今頃、雨了は侍医の診察中のはずだが、少し元気になっているかもしれない。

「朱妃、思ったより気温が高いですが、暑くはありませんか」

安麗俐が颯爽と歩いてきて私に話しかけた。

「ええ、大丈夫。すごく気持ちの良い場所ね！」

「この辺り一帯が私の故郷です。少し行けば集落があるくらいで、本当に何もないところでしょう。この分岐の右側の山道を道なりに上っていった先に離宮がございますよ」

安麗俐の説明を聞くと、ここは大きな街道から幾つかの細い道に分岐する場所のようだ。しかし私は右側の道ではない方が妙に気になり、首を傾げた。

「ねえ、安麗俐。こっちの道は？」

どちらも見た目はただの道なのだが、この左側の道の先に何かがあるような気がするのだ。それはただの勘でしかないけれど、私には妖が見えるし、ただの勘にも何がしかの意味があるかもしれない。

「こちらの道も一応は離宮に向かいはしますが、遠回りです」

「そうなの？　でも私こっちがどうしても気になるのよね……」

上手く言葉に言い表せない。とにかく気になるのだ。

「こちらは……以前も話した星見の里がある道です」

ぽつりと安麗俐が呟いた。

「え？」

「朱妃には不思議な力があるのかもしれませんね。星見の里には大きな木がありました。大人が何人かで腕を回して、ようやく囲めるような大きな木が。大きいだけでなく、ただの木とは思えないほど存在感のある木でした。星見の一族の娘と遊んでいる途中、木が呼んでいると言って急に帰ってしまったこともありました。……すっかり忘れていたのに、急に思い出してしまいました」

安麗俐は唇を少しだけ緩めた。

「朱妃も木に呼ばれたのかもしれません。凛勢殿に相談してみてはいかがでしょう。遠回りになると今日中に離宮に着かなくなってしまうので難しいかもしれませんが、離宮の滞在中に星見の里に行ってみるくらいなら出来るかもしれません」

「うん！　行ってくる！」

「私も行きます」

安麗俐はついてくるようだ。しかし今は違うことに気を取られていた。

どうしても左側の道に行きたい、そんな焦りの混じる気持ちに髪を引っ張られてしまうかのようだ。

（これが呼ばれているってことなのかしら？）

私は慌てて凜勢の姿を捜した。

しかし凜勢の姿はどこにもない。診察中の雨了のそばだろうか。そう思った時に陸寧がお茶を用意してくれたらしく、手招きしているのが見えた。

「お茶が入りましたよ、朱妃。キョロキョロなさって、何かお探しですか？」

「う、うん。ありがとう」

まずはせっかく淹れてくれたお茶を飲み、それから口を開いた。

「凜勢を捜しているの。ちょっと伝えたいことがあって……」

「まあ、どうかされましたか？」

「あのね……離宮に行くのに遠回りの道の方を行ってみたくて。もちろん断られるとは思うの。でも、すごく気になって仕方がないものだから。安麗俐は向こうにある木に呼ばれたのかも、なんて言うのだけれど、一応言うだけ言ってみようかと」

すると陸寧は眉を寄せ、幼い子供を窘(たしな)めるように言った。

「お待ちください。朱妃、貴方は妃という立場なのですよ。凛勢殿も朱妃に言われたら、多少は考慮しないわけには参りませんでしょう。ですが、この旅は物見遊山(ものみゆさん)ではございません。陛下のお体のことを第一に考えなければ。そういった意味のない提案はしてはなりません」

「そ、そうよね……ごめんなさい」

「いいえ、分かってくだされば良いのです。妃たるお方は時に心を殺してでも為さねばならないことがございますもの。大体、不思議な力がどうだとか、童(わらべ)のような空想に耽(ふけ)るなど妃としてよろしくありません。朱妃がしっかりなさらないから、厄災の種だなどと変な噂を立てられてしまうのですよ」

私は俯(うつむ)いて唇を噛んだ。妖(あやかし)の見えない陸寧からすれば、私は変な妄想をしているとしか思われていないのだ。いや、これまでの私の噂さえ、彼女からすればその変な妄想の一部でしかないのかもしれない。月影宮にいたときは優しく感じた彼女の言動も、きっと馬鹿げたことを言う妃と思いながら、表面上だけ優しく接していたに過ぎないのだ。

「……陸寧、その物言いは朱妃に対して少々礼を失するのでは……」

「まあ安麗俐殿こそ、ご自分の職務外のことに口出しはやめていただけます？」

途端、二人の間にピリッとした空気が流れる。

「ご、ごめんってば。ただの思い付きだったし、別に本気じゃなかったから。陸寧も安麗俐も、喧嘩はしないでね」

私は慌てて言い募る。

「もちろん喧嘩などではありませんわ。ですよね、安麗俐殿？」

「ええ」

陸寧はにこやかさを取り戻したが、安麗俐は仏頂面をして顔を背けた。喧嘩にはならなかったが、雰囲気は最悪だ。

いっそ居心地の悪い休憩は早く終わって、離宮に着いてしまいたい。そうしたら雨了の体調も良くなる。陸寧の機嫌もこれ以上悪くならないだろう。

それでも妙に惹かれる星見の里への道のことは忘れられそうにない。無意識に何度もそっちを向いてしまう。

しかしいつまで経っても休憩が終わる様子はなかった。凛勢の姿もないままだ。

雨了の体調が悪いせいでもないようだ。

とっくに診察が終わったらしい侍医がのんびりとお茶を飲んでいたから、雨了の体調が悪いせいでもないようだ。

その時、同じように手持ち無沙汰にしている長身の男の姿が目に入った。

「ねえ秋維成、何かあったの？　なかなか出発しないみたいだけど」

「朱妃、これはこれはご機嫌麗しゅう。いや、俺も詳しくは聞いてないのですが、山道の方で何かあったとかなんとか。凜勢は馬車の先導に話を聞きに行っています」

と、その時凜勢が戻ってくるのが見えた。

いつも通りの秀麗な顔だが、眉間には深い皺が寄っている。

「うわ、これは良くないやつだ」

秋維成がぽつりと呟く。

「朱妃、少しよろしいでしょうか。それから、安麗俐殿。貴方はこの辺りの出身でしたね。少し聞きたいことがあるのでこちらに」

「おい、凜勢。それ時間かかるやつか？　水瓜買ってきていいか？　さっき売ってるの見て食べたくなったんだが」

秋維成は呑気にそう言う。

凛勢は眉間の皺を更に深くさせた。しかし叱責はせず、小さく息を吐いた。

「……構いません。しばらくかかるかもしれませんから」

これはよっぽどのことが起きたのかもしれない。

しかしながら私も水瓜が食べたい。でも食べたいと言ったら陸寧がまた嫌な顔をすると思うと言い出せない。

そんな私の気持ちを汲み取ったのか、安麗俐が秋維成に小声で話しかけた。

「秋維成殿、もしよければ朱妃の分もお願い出来ませんか。少し暑さに参っているようですので、水気のある果物を召し上がった方が良いかもしれません」

「ああ、構わない。じゃ、馬でささっと行ってくる」

のらりくらりと秋維成は歩き出し、それを凛勢は冷ややかに見送った。

「朱妃、安麗俐殿、こちらに」

凛勢は人払いした木陰の下に私たちを呼び寄せた。

「……あまり良くない話がございます」

そう切り出した凛勢に私は眉を寄せる。

「いえ、陛下は体調も安定し、今は眠られています。そちらではなく、離宮へ向かう山道で落石があったようなのです。結構な大きさの岩が転がってきたらしく、現況は道が塞がれ、動かすにも本日中は無理とのことです」

「怪我をした人は？」

「怪我人はおりませんが、馬車での通行は難しい様子です。まだ落石があるかもしれませんから、数日は通れません」

それは困った。凛勢の眉間に深い皺が刻まれるのも納得だ。

「幾つか案がございます。陛下はお眠りになっておりますから、そこで朱妃にご判断をお願いしたく」

「えっ、私？」

まあそうか、私は妃という立場なのだ。多くの人の上に立ち傅かれるということはそういう責任も出てくるということだ。

「私は安全第一で行きたいと思うわ」

「ええ。ただ、そうしますと、落石の危険がなくなり、岩の排除が済むまでここで野営をし、数日待機となります」

「あの」

その時声を上げたのは安麗俐だった。

「離宮でしたら左側の道からも向かうことが可能なはずです。少し遠回りになりますが」

「安麗俐殿にはそれについて詳しくお聞きしたい。ここまでの先導役がそちらの道には詳しくないそうで、この先の案内に難色を示しているのです。道の状況と、それから遠回りした場合、この時間からだと今日中に離宮に着くのは無理かもしれませんので、野営が出来る場所があるかなどですね」

「まずは道幅ですが、問題なく馬車で通れると思います。傾斜が緩やかなので、離宮に食材を運び込む荷車は左側の道を通行しているはずです。それは私が知っていた頃と変わらないはずですから」

安麗俐は土の上に枝で略図を描いていく。

「野営地については少し昔の知識になりますが、途中のこの辺りに小さな集落があり、その少し先が平原となっています。そこなら天幕も張れるでしょう。水源が豊富な地域なので、集落の者に頼めば水は都合してもらえると思います。本日中に離宮に着くために強行するとなると、馬車の速度からして夜になってしまいますね。田畑用の池が幾つかあるはずですが、私の記憶する場所とずれがあるかもしれません。安全を考えると夜道はあまりお勧めしません」

「なるほど」

凛勢はそこから幾つかの質問をし、安麗俐はそれに明確に答えていった。

「朱妃、安麗俐殿の話をまとめますと、左側の道から離宮に行くことも十分可能のようです。ですので朱妃には、落石が収まり、岩をどかすまで数日の間ここに待機をするか、左側の道を進み、本日は野営をし、明日の到着とするかのどちらかを決めていただきたい」

「……あの、私は左側の道を行ってみたい。どうしてもあちらが気になって。どっちにしろ今日中に離宮に行けないのだし、その方が何日も待機するより早いでしょう」

「承知しました。では、その旨を周知させます。……ちょうど秋維成も戻った様子。水瓜(すいか)を召し上がって、もうしばらくお待ちください」

振り返ると秋維成が器用にも水瓜(すいか)を四つ抱えていた。細長いけれど大きな水瓜(すいか)だから相当重いはずなのだが、重さを感じさせないほど軽々扱っている。

「お待たせしました」

「わあ、たくさん買ったのね」

「そりゃ、これだけあれば食べたい者みんなで食べられるでしょう」

「包丁を借りてきましょう」

安麗俐がそう言うが、秋維成は首を横に振った。

「いやいや、朱妃に面白いものでもお見せしようかと」

秋維成は水瓜四つをお手玉のようにポーンと空中に高く放り投げると、腰の剣を抜いた。

「さあ、刮目してご覧あれ！」

かと思えば目にも留まらぬ速度で剣を振るう。磨かれた鋼が一閃し、四つの水瓜を再度受け止めた時には剣は既に腰に戻っていた。

あまりの速度に私は目と口をあんぐりと開けるしかない。

「——以上でございます」

ニッと軽薄な笑みを浮かべる秋維成。手にした水瓜はバラバラになることはなく、形はまるっとそのままで等間隔の切れ目だけが入っていた。

「さ、どうぞ召し上がれ」

そう言って丸のままの水瓜から一人分を抜き取るように指差した。恐る恐る手を伸ばし、切れ目の一つを引き抜くと抵抗なくスポッと抜けた。一つ一つがしっかりと切れているのだ。

途端にみずみずしい水瓜の汁が滴ってくる。しかし秋維成の周囲にそんな滴りはなく、それほどの剣技であったことを素人の私でも理解したのだった。

「安麗俐殿もどうぞ」

「あ、ありがとうございます」

安麗俐でさえも目を丸くしているから、これは相当にすごいことらしい。

「それじゃ、俺はこれを配ってくるので」

秋維成はそう言って四つの水瓜を抱えて歩いていく。途中途中で作業をしている者に声をかけては水瓜を分け与えているのが見えた。

「……秋維成ってすごいのね」

「あそこまでの使い手とは……手合わせを願われた時、断って正解でした。まったく歯が立たなかったでしょうから。いえ、いっそのこと胸を借りておけば良かった気もいたします」

私たちはふうと息を吐きながら秋維成の切り分けた水瓜を食べた。甘味は控えめだったが瑞々しく、喉の渇きを癒してくれる。

「美味しいわね」

シャクッと音を立てて食べていると、陸寧が柳眉を逆立ててこちらにやってくるのが見えた。

「朱妃！　何故そのようなものを食べているのです！」

「り、陸寧……」

「お腹を壊すと言ったではありませんか！　しかもどこで誰が作っているかも分からないようなものを！」

「ほんの少しだし、これくらいでお腹を壊したりなんて……」

「いいえ！　安麗俐殿にも言いましたよね？　どうしてわたくしがお願いしたことを守らずに踏み躙るのですか！」

「そんなつもりじゃ……」

しかし陸寧は納得した様子はなく、苛々と爪を噛んだ。

「待ってください、陸寧。これは秋維成殿からの差し入れです。それにこれだけ暑いのですから、朱妃が水分のあるものを多く召し上がるに越したことはありません」

しかし陸寧はツンとそっぽを向いてしまった。

私と安麗俐は思わず目を見合わせる。おそらく、凛勢から離宮への到着が一日遅れることを聞いたのだろう。陸寧はこうなってしまうと刺激をしないようにそっとしておくしかない。

私はこっそりと息を吐いた。

陸寧が一瞬だけこちらを見た後、嫌なものを見るように目を逸らした。

「……気味が悪い」

ポツリと私にだけ聞こえる大きさで彼女の呟きが聞こえた。

陸寧からすれば、私が願っていた通りになってしまったのだ。落石は偶然だと言っても今の陸寧には通じないかもしれない。

私は俯いて手をぎゅっと握る。

私には妖や幽霊が見えるし、眠れば魂が抜け出てしまうことさえある。さっきのような不思議な勘だってある。けれどそれが何故なのか、私にすら何一つ分からない。こうしてすぐそばにいる人に気味悪がられるのは、どうしても苦しかった。

馬車は左側の山道を進んでいく。先導役がこの道には詳しくないため、今までよりも馬車の速度はゆっくりだ。

「さあ、朱妃。お腹の薬をどうぞ」

そんな中、陸寧は微笑みながら私に薬の包みを差し出してきた。

「えっと、お腹は痛くないけど……？」

「まあ朱妃。先程どこで採れたかも分からぬ水瓜を召し上がっていたではないですか。きっとこれからお腹を痛くしてしまいますわ。ですからそうなる前にこの薬を。ああ、出発前にちゃんと侍医に用意してもらったものです。わたくしが朱妃に得体の知れないものを飲ませるはずありませんでしょう？」

陸寧の目は本気だった。そして、その薬を断ったとき、彼女がどれほど怒り狂うか考えたくもない。

不意に思い出したのは朱家にいた頃、私を虐げていた義母の姿だった。彼女は嫌なことや思い通りにならないことがあれば、ひどく苛々した様子を見せ、周囲を怯えさせて言うことを聞かせ続けた。今の陸寧も同じだ。そして彼女は自分の理解が及ばないもの、汚く感じるもの、日常からかけ離れたものが嫌いなのだ。だから妖の話も嫌がるし、身近にいない動物の類も嫌がる。そんな自分だけの感覚を押し付ける人なのだ。

安麗俐をチラッと見ると、眉間にくっきりと皺を寄せている。先程の凛勢と似たり寄ったりの深い皺だ。

しかし彼女が口を出しても、陸寧はまた怒るだけで解決はしない。そう思って、そっと手で止める仕草をした。安麗俐も僅かに頷き、陸寧には聞こえない音量で「薬はこちらに」と呟く。私は薬を飲むふりをして、包みごと安麗俐にこっそり渡した。安麗俐は懐に薬包みを忍ばせる。特徴的な薬草の匂いからして、ただのお腹の薬なのは間違いないようだが、何の症状も出ていないのに飲むものではない。

「そろそろ星見の里です。小さい集落なのですぐ通り過ぎてしまうと思いますから、朱妃はこちらにどうぞ」

安麗俐は私に窓のそばを譲ってくれる。胸をドキドキさせながら、日覆いの隙間から外を覗いた。だが行けども行けども景色は変わらず、草木だけが延々と続いている。

「……集落？　どこにもないみたいだけど」

「そんなはずは……」

外を見た安麗俐が顔を青くしてキョロキョロとしている。

「ない……ない！　こ、この辺りのはずなのです。あの岩に確かに見覚えがあります。なのに……どうして」

安麗俐は窓の外の変わった形をした岩を指差す。

「建て替えで、家を道から見えにくい場所に移したのかも」

「ですが、何軒もあったはずなのです。あの巨木もない！　これは一体……」

安麗俐の顔色がみるみるうちに悪くなる。

「まあ、集落がないということは、この辺りには井戸もないのではありませんか？　まさか、そのようなところで野営を？　あり得ませんわ！　体を拭くことさえ出来ないではありませんか。絶対に嫌です！」

陸寧は眉を寄せた。

「だって、そんな場所に朱妃をお泊めするなど、許されるはずがありませんものね。

朱妃は陛下の愛妃たるお方なのですから」

陸寧は取り繕うようにそう言うが、安麗俐はそれどころではないようだ。私も呆然とする安麗俐が心配で、本性の見えてきた陸寧の機嫌を取るのも嫌になってきた。

苛立った様子で爪を噛みながら外を覗いていた陸寧が、突然おかしな声を上げる。

「まあ！　あんなところに立派なお屋敷があるではありませんか！　もしや、この近辺の長の屋敷ではありませんか？　野営をするより、あちらに一宿できるようお願いすれば良いとは思いませんか？」

「屋敷……？」

私は馬車内を移動して陸寧の側から窓の外を窺う。すると遠目に大きな屋敷が見えた。しかしこんな山の中である。長の屋敷にしては妙に立派過ぎやしないだろうか。お堂や廟のようにも見える。

「ねえ、安麗俐！　あれ、星見の一族のお堂じゃないかしら？」

「お堂……？　そんなもの、昔はありませんでしたが」

「それなら集落が移動して、あの場所にお堂を建てたのでしょう。お堂であればきっと泊めていただけますね」

陸寧はすっかりあの建物に泊まるつもりのようだ。ころっと機嫌が良くなり、鼻歌混じりに建物の方を眺めている。

私も他に何か見えないか、窓の外をキョロキョロと眺める。不意に真っ白なものが見えた。

「ん？」

馬車の速度がそんなに速くないから、たまたま目に付いたのだろう。

それは真っ白い犬のように見えた。ふさふさで毛足の長い犬。こんな山の中の野犬とは思えないほど綺麗だ。もしかして星見（ほしみ）の里で飼っている犬なのだろうか。もっとよく見ようと思ったが、白い姿は木立の間に入っていってすぐに見えなくなった。

「今、犬がいたわ」

「犬ですか？」

「まあ！　野犬でしょうか。嫌ですわね……。そんな汚くて危険な生き物がいる場所に朱妃を野営させるわけには参りませんもの」

安麗俐も窓の外をキョロキョロしているが、首を横に振る。見つけられなかったようだ。

「ねえ、安麗俐。大丈夫？　馬車を停めてもらう？」

青い顔の安麗俐にそう聞いたが、安麗俐は首を横に振った。

「いえ……大丈夫です。それにもう少し行けば開けた場所に出ますから、そこで馬車は止まるはずです」

もうそろそろ日が傾き始める頃だ。野営地に行くのを優先させたいのだろう。

「ただ、野営地に着いたら少し離れて様子を見てきても構いませんか？　集落のあった辺りを見てきたいのですが」

「もちろん。着いたらすぐ行ってきて構わないから。馬も借りていってね」

私は安麗俐の手をそっと握る。剣だこがある力強い手が、今はひんやりとしていた。

第四章

やがて馬車は止まった。山の中腹にある平原に着いたのだ。

さっき見えた建物からもそう離れていない。

「では失礼して、行って参ります。朱妃、馬車から降りた後は秋維成殿のそばを離れませんよう」

「う、うん……」

安麗俐は気が急いているらしく、せかせかと外に出ていった。

「陸寧はどうする？」

「わたくしは馬車内の整理がありますから、先に降りてくださいませ」

すっかり機嫌が良くなった陸寧を残し、私は馬車から降りる。

外では野営の準備が行われていた。秋維成や凜勢もいる。

「あのね、凜勢。安麗俐が今確認に行っているのだけど、あるはずの集落がないみたいで」

「ええ、そのようですね。井戸が残されていれば助かるのですが……しかし手入れをしていないとなると、水もどんな状態か分かりませんね」

「でも、あっちの方に大きな建物が見えたのよ。お堂か何かかもしれないし、井戸ならそっちのを借りられるんじゃないかしら」

「はい、こちらでも確認済みで、既に使いの者を出しています」

私が口を出すまでもなかったようだ。

「なーに、どうしても水がなきゃ、さっきの場所まで馬で汲みに行けばいい。また水瓜を買ってきてもいいしな。ま、一晩くらいならなんとでもなるさ」

秋維成はこういう旅に慣れているのか、なんでもないことのように言った。

「陛下と朱妃がいるのだ。そういうわけにはいかない」

凛勢は冷たく言い放つ。

「へいへい」

秋維成は肩をすくめ、すぐに顔を上げた。

「お、戻ってきたんじゃないのか？」

視線の先に使いの宦官と、途中で合流したらしい安麗俐の姿があった。

安麗俐はひどく浮かない顔をしている。

「朱妃、おそばを離れて申し訳ありませんでした」

「ううん、いいの。それより……」

「いえ、その前に凛勢殿。古い知識で混乱させ、申し訳ありませんでした」

安麗俐は凛勢に頭を下げる。

「ええ、急なこととはいえ情報の精査を怠りました」

凛勢の冷淡な言葉に私は眉を寄せる。それでは安麗俐があんまりにも可哀想ではないか。そう思った私に秋維成が小声で話しかけてくる。

「凛勢のアレ、情報の精査を怠った私の責任ですって意味ですよ。アイツ物言いはキツいけど結構甘いところがあるので」

「えっ、そうなの?」

秋維成は片目を閉じて唇の端を吊り上げる。それが聞こえたらしい凛勢は咳払いをしたのだった。

「それで、あの建物についてはどうだった?」

凛勢の問いに、居心地悪そうにしていた使いの宦官がピシッと背筋を伸ばす。

「え、ええ。それが……郷長の屋敷だそうです」

「郷長？　こんな不便な場所にか？」

凛勢の秀麗な眉が寄せられる。

「はあ。長溥儀と名乗りました。その名前は確かにこの辺り一帯の郷長の名前に間違いございません。元々は麓の集落に住んでいたようですが、数年前、あの場所に屋敷を構えたと」

「……本来、この土地に住んでいたのは昂家のはずなのです。しかし数年前に昂の一族は流行病で血筋が途絶え、それで遠縁である長溥儀が土地や財産を継いだとのことです……」

安麗俐は力なくそう言った。

「流行病って……そんな」

それは安麗俐の幼馴染やその家族全てが死に絶えたということに他ならない。しかし辛いはずの安麗俐は私に微笑みかけた。

「私は大丈夫ですよ。当たり前ですが、故郷を出て長い時間が経っているのです。環境が変わっていることも想定しておくべきでした」

彼女はいつも通りの落ち着きを取り戻したように見えるが、内心はそう割り切れないだろう。私を安心させようと無理して笑っているのだ。

私は安麗俐にどう声をかけるべきか思いあぐねる。

「屋敷の井戸を借りる許可は得てまいりました。野営地からもそう遠くはないので、問題ないでしょう。ただ……」

宦官は言葉を濁す。

「何かあったのか？」

「高貴な方々の御一行のようなのでと、郷長の屋敷に招待されております。もちろん陛下がいるなどとは伝えておりません。しかし、この先の離宮に向かうのは王族の関係者以外ありませんから、それを察して誼を結びたいのだと思います」

なるほど、陸寧が望んでいた通りのことが実現しそうだ。確かにこの一行はお忍びといっても一般人ではないのは丸分かりだ。

「へえ、良いんじゃないのか？　陛下も寝ているだけとはいえ、結構立派そうな屋敷だったし野営よりはお体も楽だろう？　誼だなんて小難しいのは後で適当に酒でも贈っといてさ」

秋維成は屋敷に宿泊するのに賛成のようだ。

「何を言っているのですか。安全の保証がない屋敷に陛下をお連れするわけにはいかない」

そして凜勢は案の定反対派だ。

私も心情的には反対だ。安麗俐の幼馴染やその家族は全て死んでしまい、その全てを引き継いだ遠縁の屋敷に行くというのは、まだ心の整理がついていない彼女にとって辛いことではないだろうか。それに物語の読み過ぎかもしれないが、一族が死に絶えたのに乗じて土地や財産を奪い取ったと、そう考えることも出来るのだから。

「あのう、わたくしは屋敷に泊めていただいた方が良いかと思いますわ」

「り、陸寧……」

いつの間にやら近くに寄って話を聞いていた陸寧が口を出してきた。

「わ、悪いけど……野営の準備はもう終わっているのだし、それに知らない人の屋敷に泊まるのは私も少し心配だわ」

きっと陸寧は怒るだろう。手がつけられないことになるかもしれない。そう思ったが、彼女はあっさりと頷いた。

「そうですか。残念ですが朱妃がそうおっしゃるのでしたら。凜勢殿、差し出口を失礼いたしました」

そう自らの意見を翻したのだ。さっきまで思い通りにならないと散々苛々した態度を見せつけた彼女の言葉とは思えない。

「ただ……心配です。山道の途中で、朱妃が犬を目撃しておりました。病を持った野犬かもしれませんし、野犬の群れがいるかもしれないと思うとわたくし、恐ろしくて恐ろしくて……」

「野犬ですか……。それは少し心配ですね。見張りの数を増やし、野犬が近寄らないよう、多めに火を焚かせましょう」

陸寧は凜勢の言葉を聞いてニッコリ笑う。

「そうしていただけると心強いです。そろそろ日が沈みますね。さあ朱妃、天幕に戻りましょう」

私は陸寧にそう背を押された。

先程見た犬は真っ白で毛並みが綺麗だったし、野犬ではなく飼い犬のように見えた。

それでも繋がれていなかったし、危険といえば危険かもしれない。そう思って凛勢には何も言わず、天幕に戻ったのだった。

「さあ、お茶を淹れますから――きゃああああ！」

出入り口の布をめくった瞬間、突然陸寧がけたたましい叫び声を上げた。

「え、な、何？　ど、どうしたの？」

陸寧の指差す方を見ると、薄暗い天幕の中で仕切り布がビリビリに破られて地面に落ちている。

「朱妃、お下がりください！」

私は訳も分からぬまま、安麗俐に肩を掴まれて天幕から出されたのだった。

バタバタと足音がして、秋維成や兵士たちが走り寄るのが見えた。

「何があった！」

陸寧が天幕の中を指差して言った。

「朱妃の天幕が荒らされているのです！　きっと野犬の仕業です！」

陸寧はガクガクと体を震わせている。

「安麗俐殿、とにかく朱妃を下がらせておいてくれ。もう犬の気配はないようだが。

まず俺が入る。お前たちは俺が声をかけてからにしろ」

秋維成は剣を抜き、兵士にそう言い残して天幕に入っていく。

私はと言えば、安麗俐によって天幕から遠ざけられた。

「わ、私は布が破れていたのしか見えなかったけど……」

「動物の毛が落ちていましたわ。きっと野犬です。ああ……恐ろしい。こうなっては凛勢殿に天幕は使えないと伝えなければ！」

陸寧は慌てて駆け出していく。

私はその後ろ姿を見送り、眉を寄せた。

「……ねえ、獣臭さもなかったわよね。野犬なんていないんじゃないかしら。安麗俐はどう思った？」

どう考えても陸寧が怪しい。天幕が使えないということになれば、先程の長溥儀の招待を受ける可能性は高まるのだから。

安麗俐も眉間に皺（しわ）を寄せていたが、首を横に振った。

「私は申し出の通り、あの屋敷に泊めていただく方が良いのではと思います」

「ど、どうして？」

「朱妃の身の安全のためです。本当に野犬が荒らしたのかもしれません。……昴の一族が滅びた原因は流行病だそうですが、それがこの辺りの野犬からもたらされたものではないとは言い切れません。それに……陸寧の狂言であるならば、尚更です」

首を傾げた私に安麗俐は囁いた。

「……陸寧はあの屋敷に泊まるためならば、天幕を荒らすことも辞さないということです。その気性は恐ろしくはありませんか？　そして朱妃は、最低でも離宮に着くまでは、陸寧の手に身の回りのことを委ねるしかない。あまりことを荒立て、次は朱妃の衣服や飲み水に細工をされたらと考えますと……」

そこまで聞いて、私はこの暑さなのにブルッと震えた。かつて、雨了の酒に鴆毒を入れられたことを思い出したのだ。

「と、とりあえず今は刺激しない方がいいってことね……」

「ええ、後で凛勢殿にだけ伝えましょう。きっと良いように計らってくださいます」

結局は陸寧の意見が通り、私や一部の人間だけ長溥儀の屋敷に泊めてもらうことになったのだった。

「長溥儀に泊めていただけるよう使いを出しました」

凛勢は早くも手を回してくれたらしい。

「天幕の方は？」

「野犬とやらはもういなかった。だが辺りに黒っぽい毛が落ちていたし、荷物が荒らされていたな。食べ物が幾つかなくなっていたみたいだから、犬かはともかく、山の獣が入ったのは間違いない」

「そうですか。衛生上のことを考えるとやむを得ませんね」

「食べ物が……っ？　ひいっ……なんてこと……け、汚らわしい！」

陸寧は口元に手を当てながら震える。これが演技なら大したものだ。しかし黒い毛ということは本当に犬だとしても、私が見た白い犬とは違う個体ということだ。

屋敷に向かうのは私と雨了、凛勢に秋維成、それから安麗俐と陸寧だ。

陸寧が私のそばから離れないので、天幕を荒らしたのが陸寧の可能性があることを、凛勢に伝える機会はないままだ。

「朱妃、よろしいですか。陛下については寝台ごと荷物で隠してお運びします。ですので、あちらには五人と伝えています。そこで朱妃には申し訳ありませんが、この私と兄妹ということにしていただけませんか？」

「え、別に構わないけど、どうして？」

凛勢からの不思議な申し出に私は目を瞬かせた。

「朱姓で王族関係者となると、王宮の内情に多少詳しければ朱妃のことだと勘付かれてしまうからです。ですので、この場は凛莉珠と名乗ってください。私は凛勢志と名乗ります」

「凛勢も名前を変えるの？」

「いえ、私は凛勢志が本名なのです。こういった場合用に使い分けています。それに凛家は王家の傍流ですので、凛姓を名乗る方が真実味はありますから」

傍流ということは雨了の親戚ということだ。それなら凛勢も龍の血を引いているのだろうか。

私はその美麗な顔を見上げる。瞳は雨了のように青くはない。

「青い瞳なのは血の濃い方々だけですよ」

まるで私の心を読んだかのようだ。そう思いながら兄妹ごっこを了承したのだった。

ちなみに私は凛勢志の病弱な妹という設定だ。離宮で静養するために来たということになっている。

「――長溥儀殿、素晴らしい屋敷にお招きいただきまして、ご厚意に感謝いたします。野営地の近くに野犬が出たようで、妹が怯えていたものですから助かりました」

凛勢はそんな表情も出来たのかというほどにこやかにしている。そんな凛勢に使用人の女性陣が軒並みポッと頬を赤く染めた。

「ようこそ凛勢志様、凛莉珠様、並びに従者の皆様。田舎で何もないところですが、一晩ごゆるりとお過ごし下さいませ」

そう言って頭を下げたのは長溥儀。この屋敷の主人だ。

でっぷりとした中年の男だ。しかし郷長という役職を持つだけあるのか、抜け目なく凛勢や私を観察してくる視線を感じた。体のどこかを悪くしているのか、それとも不摂生なのか、ムッと生臭さを感じる。招待してくれたのは親切心もあると思うのだが、どうしても好きになれそうにない。

「それにしても実に素晴らしい邸宅ですね。その大黒柱など、凛家にもないほど立派なものだ」

屋敷に入ってすぐ、目につく太い柱が吹き抜けの高い天井を支えている。手足の長い秋維成すら腕が回らないほどの太さだ。

「ええ、ええ。広いばかりの拙宅ですが、この大黒柱だけは自慢なのです。この山で一番立派な木を使いましてね。この屋敷に使った木材はほとんどその木のものなのですよ。どうです、木目が良いでしょう?」

長溥儀は自慢げに言い、大黒柱をペチペチと叩いた。

「ほう、それはそれは。この山には素晴らしい木材があるのですね」

凛勢と長溥儀の会話は続いているが、私はそっと安麗俐を窺った。

この屋敷に来る途中、私たちは非常に大きな切り株のそばを通ったのだ。それはかつて、星見の里にあったという巨木のものだった。おそらくは星見の一族から神木として大切に扱われていたのだろう。それが伐り倒され、こうして屋敷の木材に使われてしまっている。それを聞いてはあまり気分は良くないだろう。

しかし安麗俐は表面上いつもと変わらないままに見える。それが余計に心配になるのだが、私にはどうすることも出来なかった。

私にあてがわれた部屋は真新しい木の香りがしていた。屋敷を建ててからそう年数が経っていないのだろう。どこもかしこも綺麗だ。

「素敵なお屋敷ですこと。何もない田舎だと思っていましたが、安心しましたわ」

陸寧は望みが叶い、ご満悦のようだ。

部屋は男女で分けられ、私にあてがわれた部屋の隣に従者用の部屋が用意されている。従者用といっても室内の調度は立派で、確かに陸寧の言う通りこんな山の中にある屋敷とは思えない。野営での疲れが取れそうな柔らかい寝台には、ついつい私も嬉しくなるので、少しは陸寧の気持ちも分かる。

「そうそう、長溥儀殿からお酒をいただきました。果実酒を割ったもので、良く眠れるそうですよ。莉珠様と安麗俐殿はどうなさいますか？」

三つの酒杯が盆に載せられている。

「私はいらないわ」

寝酒を飲む習慣はない。それに鴆毒のことを思い出してしまうので、酒杯を手に取るのが躊躇われたのだ。

「私も護衛として任務の間、酒類は控えておりますので」

「陸寧は私たちに構わず、飲みたかったら飲んで構わないからね」

「そうですね、せっかくいただいたのですし、わたくしが……」

陸寧は酒杯を三つとも飲み干した。まあ一口しかないものだから全部飲んだところで大した量ではない。

「まあ……とても美味しゅうございます。口にしたことのない風味ですわ」

陸寧は目を輝かせ、頬をほんのり染めている。

そんなご機嫌な陸寧とは対照的に安麗俐は浮かぬ顔をしていた。

「少し窓を開けましょうか」

もうとっくに日は落ちて、窓の外は真っ暗で何も見えない。開けると多少は涼しい風が入ってくるが、安麗俐が言っていたように寒いほど涼しいとは感じなかった。

「山の中なのに夜でも暑いわね」

「そうですね……おや、笛の音でしょうか」

耳を澄ますと何の曲かは分からないが、途切れ途切れに笛の音がする。

「そういえば、夜に笛や口笛を吹くと蛇のお化けが出るって言われたことあったわ」

ふと子供の頃に祖父から言われたことを思い出したのだ。

「蛇のお化けって今聞くとあんまり怖くないけど、子供の頃は怖かったのよねぇ」

そう言うと安麗俐はクスッと笑う。久しぶりのちゃんとした微笑みになんだかホッとした。

「私の故郷では幽霊が出ると伝わっていましたよ」

「そういうのって細部は違うけど、どこでも言われるものよね」

「ええ……もし、幽霊でも会えるのなら――いえ、なんでもありません」

「安麗俐……」

　失言だったか、そう思った時、陸寧の厳しい声が飛んできた。

「まあ、お二人とも。気味の悪い話はおやめください。夜中に笛を吹いたから何だというのです。たかが笛の音でございましょう？」

　陸寧が嫌そうにしたので私たちは口を噤む。

　そろそろ夜も更けてきた。お喋りはやめて、さっさと寝てしまおう。

「莉珠様、申し訳ありませんが、私はこの部屋にて寝ずの番をいたします。私のことは気にせずお眠りください」

「そんな、そこまでしなくていいわよ」

「いえ、どうかお許しください。慣れない環境ですから油断だけはしないようにしておきたいのです。おそらくは秋維成殿も同様に寝ずの番をするはずですから」

「……分かった。じゃあ安麗俐は寝ずの番をお願い。陸寧は気にせず休んでね」

「はい。先程のお酒が効いてきたようですし、わたくしは休ませていただきますね」

陸寧はニコニコしながら隣室に下がっていった。むしろ一人であの広い部屋を使えて満足なのだろう。

「じゃあそろそろ窓を閉めるわね」

「莉珠様、私が……」

私は窓を閉めようと手を伸ばす。笛の音はもう聞こえなくなっていた。

ふと窓の外でガサガサと葉っぱと何かが擦(こす)れる音が聞こえた。風が木々を揺らしたのとは違う音だ。

「何かいるのでしょうか」

安麗俐が眉を寄せた。

目を凝(こ)らすが室内の明かりは届かず、真っ暗闇で何も見えない。

「野犬かしら……。あ、蛇のお化けだったりして」

「笛の音が聞こえましたからね」

私がおどけて言うと、安麗俐は少しだけ微笑んでそう返してくれた。

「確か、蛇は臭いもの、トゲトゲしたものを嫌うのでしたね。実は、ここに」

安麗俐が取り出したのは昼間私が飲まされそうになったお腹の薬だ。

「まだ持っていたんだ？」

「ええ、うっかり捨てそびれていました。蛇避けに撒いておきますよ」

安麗俐はそう言って包みをほどき、窓の外へと撒いた。

私は思わず笑ってしまった。陸寧が知ったら怒るだろう。安麗俐も笑っている。

「あれ……？」

しかし本当に効き目があったのか、窓の外の気配は消えていた。残り香なのだろうか。腹痛の薬の匂いだけでなく、何やら生臭い臭いが僅かに残されている。

私と安麗俐は顔を見合わせ、慌てて窓を閉めたのだった。


早朝には屋敷を辞去して野営場所に戻ってきた。郷長には何度も引き止められたが、凛勢がきっぱりと断りを入れてくれた。

「ふぁ……あら、申し訳ありません。久しぶりに良く眠れましたわ。どうせならもう少しゆっくりしたいものでしたが」

陸寧は少しぼんやりとしていて眠そうだ。しかし顔色は良い。野営ではないからゆっくり休めたようだ。

「でも今日こそ到着だものね」

「ええ、ようやくです」

「安麗俐は眠くないの？」

「はい、問題ありません」

安麗俐は寝ずの番をしてくれたが、朝からシャッキリと背筋を伸ばしていて、一切眠気を感じさせないのは大したものだ。一方の秋維成も寝ずの番をしたようだが、眠そうに欠伸（あくび）をしては凛勢に叱られていた。

とはいえ私もあの屋敷はなんとなく落ち着かなかったから、早く出発するのは賛成だ。木の匂いがするのは薫春殿を思い出して良かったが、窓の外にいた気配を思い出してしまって寝付けなかったのである。馬車が出発したら少し眠るつもりだ。

私が何度目かの欠伸（あくび）を噛み殺していると、昨晩をこの野営地で過ごした兵士たちの声が聞こえてきた。

「あれ、干し肉の食い残しが見つからん」

「はあ？　寝ぼけて食ったんだろ」

「違うって。お前じゃあるまいし」

「鼠じゃないか？　夜中にチョロチョロしてるの見たぜ」

「いや、こっちも余ったのを皮袋に入れていたんだが、皮袋ごとなくなっている。さすがにそこまでするのは鼠じゃないな」

本当に野犬がいた様子だ。昨晩の窓の外にいたのも野犬だったのかもしれない。天幕が荒らされたのはあまりにも都合が良過ぎて、陸寧の狂言だと思ってしまったものだが、本当に野犬だったのなら疑って悪いことをした。

誰も野犬に襲われたりしていないのは幸いだが、やはりさっさと出発した方が良さそうだ。

陸寧も彼らの話を聞いていたらしく、袖で口元を押さえて青い顔をしている。

「陸寧、大丈夫？」

「え、ええ……」

「やっぱり野犬が出たみたいね。郷長(ごうちょう)のお屋敷に泊めてもらえて良かったわ」

「本当に。……すみません、野犬と聞いたら恐ろしくなってしまって」

「うん。そろそろ出発だし、馬車に乗っていましょうか。陸寧も疲れたでしょう」

コクリと陸寧は頷いて馬車に向かって行った。

馬車は野営地の撤収を待たず、先に出発した。これでようやく離宮に着くのだ。道中に色々あったからなんだかホッとする。

「あれ、また笛の音が聞こえる」

私は窓の隙間から外を窺った。昨晩聞こえた笛の音だ。今度は音が近く、聞いたことのない曲であることが分かった。

「……なんだろ。すごく……懐かしい気がする」

聞いたことないはずなのに、胸が切なくて堪らない。哀しげなのに、優しい音。

「……これは、子守唄です」

私の横にいる安麗俐は呟く。

「ああ、うん、そんな感じの曲ね」

「いいえ、これは……昂聖樹の歌っていた子守唄です」

安麗俐の出した名前は私の知らない人物の名前だった。しかしその姓は星見の一族のはず。

「昂聖樹……その人ってもしかして安麗俐の幼馴染の？」

「はい。星見の一族にだけ伝わる子守唄で……すみません細部は忘れてしまったのですが、大きな木のことを歌っていたはずです。それからテンコウ、と」

テンコウ――天候のことだろうか。それともコウと付く昂の姓に関することか。

「ねえ、窓の外に笛を吹いている人が見えるかも！」

日覆いの隙間から覗こうとしたがやめた。隙間から覗くだけなんてまだるっこしい。

私は日覆いを手で引っ張って外した。

「まあっ朱妃っ、何をなさるのです！　笛だの歌だの、どうでもよろしいではありませんか！　そんなことをして日焼けでもしたら」

「ごめん、陸寧は少し黙っていて！」

「んまあ！」

キイキイと顔を真っ赤にして怒る陸寧を放って、私と安麗俐は窓の外に鼻先を突き出すようにして捜す。

「あ、あそこ！　子供がいる！」

私は大きな切り株に腰掛けた少年を見つけた。その横には真っ白でモフモフとした犬が大人しく控えるように座っている。

「あれって、切り倒されたっていう巨木の切り株よね？　その横に犬もいるわ。昨日も見た犬よ」

「ど、どこですか？」

馬車はだんだん切り株に近付いていく。それほど速度の出ていない馬車は少年と白い犬のすぐ横を通る。

「ほら、あそこ――」

少年は馬車が真横を通る瞬間、笛を下ろした。私は少年の顔を見て息を呑む。

少年は六、七歳くらいだろうか。ひどく痩(や)せた体にあちこち継ぎだらけの着物姿だった。頬がこけ、目ばかりがギョロギョロしているその姿は、かつての私に似ていた。

朱家でろくに食べ物を貰えず、痩(や)せこけていたあの頃の私にそっくりなのだ。境遇が似ると顔も似るのか、どことなく小生意気そうな面差(おもざ)しまで似通っている気がする。

そして誰かに似ていると思ったのは私だけではないようで。

「こ、昂聖樹……」

安麗俐は幼馴染の名前を呟いたのだった。

馬車はそのまま数時間走り、ようやく離宮へ到着した。

その間、安麗俐は呆然とした様子で全く返事をしなかった。陸寧の方は怒りっぱなしで話にならない。

「ねえ、安麗俐、着いたわよ」

外から馬車の扉を開けられてもぼうっとしたままの安麗俐の袖を引く。

「……はい……」

「朱妃、わたくしは仕事がありますのでっ、お先に失礼をいたしますっ！」

陸寧は怒った声を出して馬車から降りて行った。その際、馬車の扉を閉めるのに、バターンと激しい音を立てていくのも忘れない。彼女の行動は、とにかく気分を害しているのだと強く主張していた。

その音に私は首をすくめたが、安麗俐にとっては目覚ましの効果があったらしい。

「す、すみません……取り乱しておりました。もう着いていたのですね」

「安麗俐ったら、ずっとぼーっとしていたのよ。大丈夫？」

「……ええ。あの少年の顔を見たら驚いてしまって」

安麗俐は少年を思い出したのか、手で顔を覆った。

「安麗俐の幼馴染に似ていたのでしょう。もしかしたら、その幼馴染の子供なんじゃない？」

「そうかもしれません……。昂の一族は病で死に絶えたと聞きましたが、生き残りがいたのでしょうか。……とても瘦せているように見えました」

私は頷く。病で親どころか一族全てが亡くなっているのなら、厳しい境遇で育ってもおかしくない。

「あの辺りって郷長の屋敷しかないのよね。それなら、あの屋敷で下働きをしているとか、屋敷の使用人が養父母になって育てているのかもしれないわ」

「ええ、そういった可能性が高いでしょうね」

私はあの少年に思いを馳せる。以前の自分に似ているせいか、どうしても同情的な気分になってしまうのだ。

「ねえ、安麗俐はあの子が気になっているのでしょう。それなら、この離宮に滞在する間に調べてみたらいいじゃない。ここまで来たら私の護衛としてずっと張り付いてなきゃいけないなんてこともないんだもの。時間のある時に、あの郷長屋敷の使用人や、安麗俐の故郷で事情を知っていそうな人に聞いてみたら？」

「朱妃……。ありがとうございます。この離宮に私の故郷の者が食材を納めているはずですから、まずはそちらにあたってみようと思います」

安麗俐はそう言って深々と頭を下げた。

「それじゃ、そろそろ馬車を降りましょう。陸寧がまだ怒ってそうだから、機嫌を取るのも手伝ってね」

私はそう言って秋維成の真似をして片目を瞑る。安麗俐はまた少しだけ微笑んでくれたのだった。

離宮は古い建物だが、しっかり手入れがされていて綺麗だった。

私の居室にも荷物が全て運び込まれており、使いやすく整えられている。しかし陸寧の機嫌は直らないまま、話しかけてもそっけない。

「ねえ陸寧ってば……」

「……それでは失礼いたします。他に御用はございますか」

陸寧はまだご機嫌斜めでムスッとしていた。お茶が飲みたい気分だったが、こんな状態の陸寧には頼みにくい。

「えっと……大丈夫よ。ねえ陸寧も疲れたでしょう。少し休んでちょうだい、ね？」

「ええ、では、そうさせていただきます」

私が休憩を勧めるとやっと機嫌が上向きになってきたのか、陸寧は久しぶりの笑みを浮かべたのでホッとする。これなら休んだ後は今まで通りになるだろう。

一人で部屋に残され、これからどうしようか。そう思った時、部屋の扉がバァンと激しい音を立てて開かれて目を見開く。こんな開け方をするのは一人しか知らない。

そこには久方ぶりの雨了が立っていたのだった。

「莉珠！」

「雨了！　目が覚めたんだ？　なんだか久しぶりな気がする」

いや、この旅でずっと一緒といえば一緒だったのだが、馬車も天幕も別々。しかも雨了はずっと寝たまま運ばれて、ろくに顔も見られなかったのだ。

雨了はこれまで寝たきりで運ばれていたのが嘘のように、離宮に着いただけで随分元気そうだ。

「やはり龍脈なだけあるのだな。この離宮に着いたら急に力が湧いてきた」

とはいえまだ顔色は白っぽい。

「まだちょっと顔色が悪いんじゃない？」

「なんの。寝てばかりだったからな。体が鈍っているのだ。二、三日休息すれば良くなるだろうさ。それに秋維成もいるからな。手合わせでもしてもらい、鈍った体を鍛え直すさ」

私はそれを聞いて微笑んだ。雨了が元気であることがこんなにも嬉しい。

「ただ、思ったより暑いのだな」

「そうね、山の上の方なのに涼しい感じはあんまりしないのね。夜になったら涼しくなるのかしら」

窓は開いているのだが、今はほとんど風がない。郷長の屋敷でも思ったが、山に入っても後宮よりはマシといった程度で、安麗俐から聞いていたような涼しさは感じない。

「それとも今年は本格的に酷暑の年なのかもしれぬな。ここ二、三年は夏の平均気温が上がっていたはずだ。場所によっては渇水の被害もあるというし対策を……」

雨了は顎に手を当て、ぶつぶつと難しい話を呟いている。

「もう、皇帝のお仕事はとても大事だけど、せっかく静養に来たんだから。今は体を休めなきゃ！　ほら、ここに来る！」

私は長椅子に座り、自分の膝をポンと叩く。

「……ずっと寝てばかりいたというのに」

そう言いつつも雨了はゴロンと長椅子に転がり、私の膝に頭を乗せた。

「それでも、せめてあと数日は体を労って。私、雨了が無理するのは辛いよ」

私は膝の上に雨了の頭の重みを感じながらそう言った。長い髪が絡まないよう、そっと脇に寄せる。手の指の間を雨了の綺麗な黒髪がサラサラ滑っていく。ずっと触っていたいくらい触り心地が良い。

「下から見る莉珠も愛らしいな」

そんなことを言われて私は赤面した。雨了は手を伸ばし、私の頬を指の背で撫でてくる。そんなことをされてはますますドキドキしてしまうのに。

「上から見下ろす雨了もなかなか良いものよ？」

私は照れ隠しにそんな憎まれ口を叩いてしまう。

雨了はクスッと笑った。軽口もお見通しのようだ。

「莉珠は疲れていないか？　ここまでの旅は大変だっただろう。到着も遅れたことだしな」

「うーん、座り疲れはあったけど、思ったほどではないかな。馬車にも酔わなかったし。最初の日に馬車の中でたくさん寝ちゃったでしょう。その間に体が慣れたのかもしれない」

「そうか。なら良かった。最初の日とは莉珠がふらふらと魂だけでやってきたあれだな？」

「そう。また雨了に助けられちゃったんだよね。ありがとう。危うく秋維成に斬られるところだったもん」

「……本当にな。それはあまりやらないように。あの時も言ったが、魂が損傷すれば命に関わる。しかも秋維成は腕前だけでなく武器も相当の業物だ。妖ですら一刀両断するだろうからな」

「うん……気を付ける」

　私は頷く。まさか魂だけになった私の気配を分かる人がいるだなんて思ってもみなかった。それに、今まで深く考えたことはなかったが、私並に幽霊が見える人にも見えてしまうかもしれない。不要ないざこざは避けたい。

「あ、そうそう。秋維成と言えばね、水瓜を買ってきてくれたんだけど、すごい切り方をしたのよ。大きな水瓜を四つも放り投げて、剣で一度にズババババッて！」

「あやつは見た目も言動も軽薄だが、実力は本物だからな。秋維成に敵う者はこの国にもそうはいない」

「秋維成のお父さんが雨了の武芸指南役だったたって聞いたよ」

「ああ。秋維成は兄弟子でもあるのだ。そういえば、野犬が出たという話であったが、そなたは大丈夫だったか」

「もちろん。怪我もないよ。私は馬車から遠目に犬を見かけたくらいだし。あ、それで郷長の屋敷に泊まることになった時に、凛勢と兄妹のふりをしたの。凛勢ったら、びっくりするくらいにこやかで。使用人の女の人がみんな頬を染めていたのよ」

私がそう言うと雨了はクスクス笑った。

「それから、凛勢の実家が王族の傍流って話も聞いた。それって雨了と親戚ってことなのよね？」

「一応そうだが、凛勢の家はだいぶ遠い。俺も凛勢本人のことは宦官になるまで存在すら知らなかった。しかも凛勢は妾の子でな。昔から優秀だったそうだが……事情があって実家で飼い殺しにされていた。宦官にならなければ、これほどの出世は叶わなかったとあやつも言っていた。だから、似た境遇のそなたに同情的なのだ」

「そ……そうかなぁ……」

私はこれまでの凛勢の態度を思い出す。優しいと感じたことはない。

「そうとも。まあ、あやつの態度はものすごく分かりにくいだろうがな」

凛勢は最初に思っていたより怖くなくなってきたが、それでもとても厳しい人に感じる。彼の言い分が全て正論なのは分かるのだが。

「言動は厳しいが、敵に回さなければ恐ろしくはない。そして、その忠誠は本物だ。そうだ、莉珠は何故、凛勢が後宮に顔を出さないのかを知っているか？」

「ううん、知らない……」

私はプルプルと首を横に振る。

「なら、一度本人に聞いてみるといい」

雨了は悪戯っぽい笑みを浮かべる。

「ええー、雨了が教えてよ」

なんでもない話をしていると次第に雨了の瞼はウトウトと重たそうになっていた。

元気そうにしているが、やはり長距離の移動で疲れたのだろう。

「もー、寝ちゃったら私の足が痺れちゃうじゃない」

私はそう言いながらも、口元に微笑みが浮かんでいた。雨了がこうして身を委ねてくれることが嬉しい。

「でも……やっと、小さな望みが叶ったよ」

なんでもない話で盛り上がれるくらい雨了が回復したのだ。この離宮に静養に行くよう勧めてくれた上皇と壁巍の顔を思い浮かべ、心の中でお礼を言った。

「えっと、あの子守唄……確か……こんな感じだったかな」

私は星見の一族の生き残りらしき少年が笛で奏でていた子守唄を歌う。歌詞は分からないから、鼻歌で。知らないはずなのに、不思議と胸が締め付けられるほど懐かしい。優しくて、少し悲しいその歌を。私の膝で雨了が安らかに眠れるように、小さな声で歌い続けた。

「……まずい。そろそろ本気で足が痺れてきた」

それからしばし、雨了はすやすやと眠り続けている。膝を貸すのは良いが足が痺れてしまう。起こしたくはないのだが、いい加減喉も渇いてきた。

「……失礼いたします。陛下はこちらに？」

天からの助けのように、凛勢から声をかけられて私はホッとした。

「うん、ここにいるわ。今は寝ているけど」

部屋に入ってきた凛勢は私の膝に頭を乗せて眠る雨了を見て片眉を上げた。

「馬車でずっと寝ていたのに、まだまだ寝足りないみたいで。それはともかく足が痺れちゃったのよ。喉も渇いたけど何も飲めないし」

「おや、陸寧はこちらにいないのですか」

「え？　ええ。離宮に着いたし、少し休憩したらって言ったのよ。ご機嫌斜めだったし、その方が頭を冷やしてくれるかなと思って。そういえばしばらく経つけど戻ってこないわね。陸寧も疲れて寝ちゃっているのかもね」

そう言った私に、凛勢は眉を寄せ、ふう、と息を吐いた。それがあまりにも露骨で、私はビクッと肩が震えてしまった。

「な、何？」

「――陸寧は貴方の主人なのですか？」

「えっ……」

私は凛勢の唐突な言葉に目をぱちくりとした。

「私からはそう見えますが。朱妃、貴方はおそらく優しい方なのでしょう。しかし、優しいということと、我慢するということが違うのは、朱妃にも分かるのではありませんか?」

「そ、そんなつもりじゃ……」

私はハッとして頬を押さえる。凛勢の言う意味が分からないわけではなかった。逆だ。分かり過ぎてしまったのだ。陸寧に気を遣い過ぎている今の私は、かつて義母の横暴をただ我慢していればいいと、自分を押さえ続けていた頃と何も変わっていない。

「私は怒っているのでも、責めているのでもないのです」

「わ、分かってる。でも……」

「――お耳汚しかもしれませんが、少し昔話をさせてください。私は凛家から出してもらえない子供でした。外で遊ぶどころか勉強すら許されず、私の役目はただそこにいて凛家の人間の目を楽しませることのみ。愛でられる以外に価値はないと言われ続けていました」

私は目を見開く。雨了が凛勢について語っていた飼い殺しの理由なのだろうか。

「何もせずにいれば、今でも凛家から外に出ることも許されず、深窓の姫のまま扱われていたでしょうね」

「ひ、姫……」

「なまじこの顔に生まれてしまったもので。花瓶に生けられた花と大差ありません」

淡々と言う凛勢の顔面は確かに美しい。ひどい話ではあるが、凛家が凛勢を閉じ込めて愛でようとしていたのも納得かもしれない。

「凛勢の実家って、変わっているのね……」

「そうかもしれませんが、家を出るまではそれが普通でした。ですが私は飛び出したのです。朱妃、貴方もそうではありませんでしたか」

そうだ。私は宮女試験を機に朱家から出て、雨了に再会した。きっかけは外を望んだことだったはずだ。

「うん……そうだったのに、最近そのことをすっかり忘れていたみたい」

私の返答に凛勢は薄く笑った。その笑顔は何という破壊力だろうか。

「とはいえ、朱妃が陸寧を己の主人のように扱いたい、そういうごっこ遊びなのだと仰るのなら、それでもいいのです。貴方はしたいことが全て許されるお方なのですから」

さすがにそれはごめんである。

「……私、ちょっとへいこらし過ぎていたわね。ちょっと態度を改めるわ」

「承知しました。では、朱妃も休まれてお茶にいたしませんか？　私の部下に淹れさせましょう」

「ええ、お願い。……ありがとう、凛勢」

「いいえ、私はただ、くだらない昔話をお聞かせしただけです」

凛勢の話し方は今もそっけないままだ。しかし不思議と、前のように怖いと感じなくなっていた。

「ね、凛勢のこと、ちょっとおっかないって思ってた。でも、これからは改めるわね」

「……お構いなく。私はおっかないと思わせて陛下や秋維成を働かせることが仕事ですので」

その返答がおかしくて、私はクスッと笑いが漏れたのだった。

「さてと……陛下はこの様子なら動かしても起きませんね。こちらで寝室までお運びいたします。朱妃には別室にお茶の用意をさせますので」

雨了はまったく起きる様子もなく運ばれていった。私は痺れた足を揉む。

「ねえ、昔話ついでに聞くけど、凛勢ってどうして宦官なのに後宮に来たことがないの？　何か理由があるのでしょう？」

そう問えば凛勢の眉間に深い皺が刻まれる。

「もしや、陛下から何か聞きましたか」

「いいえ、本人に聞いてみるようにって。凛勢って、陛下が薫春殿に来る時にもいつもいなかったでしょう。会ったことなかったって今更疑問に思ったのよ。あ、言いにくいことなら……」

「言いにくいといえばそうですが、今更ですね」

凛勢は淡々と話し出した。

「朱妃は、美貌の宦官と宮女が恋に落ち、けれど夫婦になれないことを嘆いて双方とも自害したという怪談はご存知ですか？」

「ええ、知っているわ」

その話は、以前蔡美宣が話してくれた怪談のことだろう。蔡美宣が人面鳥の妖、鴸を見てその宦官の幽霊だと思い込んだ事件があったのだ。

「――その、美貌の宦官が私です」

私はそれを聞いて目を見開いた。

「ええっ、それ、どういうこと？　ええと、凛勢は生きている……わよね？」

幽霊が見え過ぎるせいで、生者と区別が付きにくい私は思わずそう聞いてしまった。

凛勢は唇の端を僅(わず)かに持ち上げている。笑っているのだ。

「生きていますよ、なんとかね。実は、宦官(かんがん)と宮女は恋になど落ちてはいなかったのです。まともに言葉を交(か)わしたことすらありませんでした。宮女が一方的に宦官(かんがん)に惚れたのですが、色々と思い込みが激しい女性でして、無理心中をしようと包丁を手に襲いかかってきたのです」

「うわ……」

私は絶句するしかない。

「幸い、その宮女が非力だったので、背中の皮膚を浅く切られただけですみましたが。そんなことが一度ではなかったので、私は後宮への立ち入りが禁止されました」

一度ではないというのがものすごく怖い。私はブルッと震えた。

まさか怪談話がそんな経緯で出来上がったとは。時に妖(あやかし)より生きた人間の方が怖いのだ。

「よーく分かったわ。変なこと聞いちゃってごめんなさい」

「分かってくだされば結構です。後宮内は娯楽が少ないですからね。そんな事件があれば面白おかしい噂として広まり、いつの間にか怪談になってしまったのでしょう。以前にも、後宮を囲う塀の上から足を滑らせて落ちた衛士(えじ)がいましてね。両足骨折はしたものの、生きているどころか治療後に衛士(えじ)として復帰までしたのに、死んだことになって幽霊話として語られていましたから」

「そっちもなの⁉」

凛勢は頷く。それほど表情豊かではない凛勢だけれど、今はしてやったりという顔に見えた。

「幽霊が見える者はそれだけ少ないのです。しかし、見えなくとも違和感として察知する者はいるでしょう。そういう者こそ、その違和感を見える者のせいだと思い込み、排斥(はいせき)しようとすることがあるのです」

「うん、そうかもしれないわね」

それは宦官(かんがん)の間で囁(ささや)かれていた、私が悪運を引き寄せたという悪い噂を思い出す。私のような変な力を持っているのが気持ち悪いと思う人間は少なくないのだ。

「しかし、排斥(はいせき)はひっくり返れば心酔させる材料となります。龍の血筋のように、特別な人間だと思わせることも可能なのです。ただ、陛下は確かに濃い龍の血を引いていらっしゃるようですが、あの方が優秀なのは弛まぬ努力があってこそ。武芸の稽古で手の皮が裂けるまで剣を握り続け、睡眠時間を削って学問や帝王学を身につけてきたからなのですから」

「雨了が……」

もちろん努力家なのは分かっていた。朝から深夜までずっと政務を優先させていたこともある。

「臣下にとって、尊敬に値する主人ですよ」

「凛勢にとっても？」

「当然です。あの方でなければ私が取り入って傀儡にしていました」

「うわぁ……」

真顔でそんなことを言う凛勢に私は一歩引いた。

「冗談です」

「凛勢の冗談って分かりにくくて怖い！」

やっぱりちょっとおっかない。私は笑うどころかゾッと背筋を震わせたのだった。

陸寧は戻ってこないまま、私は別室に用意されたお茶を飲む。焼き菓子をたくさん出されたが、珍しいことに胸がいっぱいでたくさん残してしまったのだった。後で食べようと包んで仕舞っておく。

しばらくしてから陸寧が戻ってきた。じいっと見つめてきては、わざとらしくため息を吐く。しかし声を荒らげることはなく、休憩したにも拘らず、まだご機嫌斜めの様子。そのどうやら私から謝って機嫌を取るなり譲歩するなりすれば許すつもりなのだ。その察しろと言わんばかりの態度に、ずっと前からうんざりしていたのだとようやく気が付いた。これまでは、自分の宮女というより上皇から預かった感覚でいたが、それではダメなのだ。そうハッキリ理解した。

確かにこれまでは私が下手に出過ぎて、彼女の態度を増長させてしまっていたところもあるだろう。犬だって飼い主がへいこらしていたら侮るものだ。ふと頭の中で犬と陸寧を並べたら何だかおかしくなって笑いがこぼれる。

(もういいや。陸寧はもう勝手にすればいい)

他の宮女もいない状況だし、上手くやっていけるならそれに越したことはなかった。

しかし陸寧がそのつもりなら知らない。そう思って敢えて何も言わず、私は陸寧との根比べを開始したのだった。

「朱妃、ただいま戻りました。お時間をいただき、本当にありがとうございます」

頃合いも良く安麗俐が戻ってきた。

「どうだった？　あの男の子のこと、何か分かったの？」

「ええ。離宮の食品納入の者に話を伺いまして。……やはり、あの子は星見の里の生き残りだそうです。私の幼馴染の息子で昂翔輝という名前だと……」

「そうなんだ！　あの、幼馴染の方は……」

安麗俐は顔を曇らせる。

「それが……流行病では亡くならず、子供を連れて郷長である長溥儀の後妻になったものの、少し前に亡くなったとのことです。昂翔輝は長溥儀の義理の子供だというのに、あの通り、まともに育てられてはいないらしく、もう八歳だそうですが栄養が足りないのか六歳程度にしか見えないと……」

「そう……」

私は口の中に苦いものが広がるのを感じていた。あの少年の生い立ちは私に近しいものがある。ガリガリに痩せこけ、野良猫のような佇まいはかつての私を彷彿とさせる。そのせいか、強い共感があるのだ。とても気になって仕方がない。

「……本来なら、あの子が星見の一族の土地や財産を継ぐはずでしょうにね……」

あの年齢ではまだその権利がないし、無事に成人してもあんな状況では飼い殺しにされかねない。

「それじゃ、あの犬は昂翔輝の飼い犬なのかしら。結構綺麗な毛並みをしていたけど」

ふとあの真っ白な犬を思い出す。あれほどの毛並みを保つにはたいそうな手間暇がかかるだろうに、あんな子供に出来るものなのだろうか。

「それなのですが……あの、朱妃」

安麗俐は眉を寄せている。

「犬……とは、一体何のことでしょうか。朱妃は昂翔輝のすぐ横にいたとおっしゃっていましたが……私は見た覚えがなく、話を聞いた者も昂翔輝だけでなく、郷長の屋敷で犬を飼っていたことは一度もないと」

私はハッと口を押さえた。

またやってしまった。私の目は見え過ぎる。生き物と妖の区別が付かないことがあるのだ。かつて幽霊宮女の汪蘭を生きている宮女なのだとずっと勘違いしていたように。つまり、私が見たあの白い犬も妖で、誰にでも見えるわけではないのだ。

見間違いだと誤魔化そうとしたが、陸寧の興奮した大声に遮られた。

「もう！　いい加減にしてください！」

陸寧があまりに勢い良く立ち上がったものだから、座っていた椅子が倒れてガタンと音を立てた。

「さ、さっきから、犬だなんだと……何故そんなことを？　そうやって、わたくしを脅かそうとしているのですか⁉」

陸寧は激昂し、ワナワナと震えている。目は爛々とし、髪が乱れて一房を唇に咥えてしまっているのに気付いた様子もない。

「私が陸寧を脅かすだなんて……何だってそんなことになるのよ」

「え、ええ。陸寧、少し落ち着いてください」

「だって、犬が……あ、荒らして……っ、気味が悪い！」

陸寧は怒っているというよりも、恐れているようだ。すっかり青ざめ、体に腕を回して震えている。一体、彼女は犬の何に怯えているのだろうか。

「陸寧、犬は見間違いだったわ。だって、安麗俐は見てないのでしょう？　きっと岩の影を見間違えたの」

私は静かな声で陸寧にそう言い聞かせた。

「そ……そうなのですか……？」

「そうよ。私は山の方に来たのは初めてだから、きっと見慣れない景色で勘違いしたの。安麗俐もそう思うでしょう？」

言いながら安麗俐に目で合図をする。安麗俐もすぐに合図に気が付いてくれた。

「そ、そうですね。きっと見間違いです。ええと、風で木が揺れて、木漏れ日が動いたのが生き物に見えたのかもしれません」

「そう、なのですね……」

二人で言い聞かせると、陸寧は落ち着きを取り戻した。

私が思っていた以上に犬嫌いなのかもしれない。実際、天幕の中が荒らされたのを見たのだし、拒否感は相当強いのだろう。しかしいくらなんでも今の陸寧の態度は主人に対するものではない。取り乱したと言っても有り得ない。

「陸寧、分かってくれたかしら？」

「と、取り乱してしまい……申し訳ありません」

しどろもどろに謝る陸寧を私はまっすぐ見据えた。

「そうね、今回だけは許すけど、次はないから。髪が乱れているから直してきたら？　戻ってきたらお茶をお願い」

今までなら、こんな時には機嫌を取り、少し休憩したらと優しく声をかけていた。しかし私はもう彼女を甘やかさない。顔を上げた陸寧はうっすら涙ぐんでいた。もう陸寧の激しい感情の起伏に振り回されるつもりはないと伝わったのだろう。陸寧だってそこまで愚かではないはずだ。

「は、はい。少しだけ……失礼いたします……」

陸寧は俯き、震える声でそう言った。

私はやっと陸寧に勝ったのかもしれない。陸寧が出ていくと、疲れがどっと押し寄せて椅子に沈み込む。

「安麗俐……あの男の子のこと、なんだか少し気になるの。凛勢には言っておくから、これからも調べてもらっていい？」

「ええ、もちろんです。郷長の屋敷の使用人や、本人にも話を聞いてみようと思っています」

私は力なく頷いた。

第五章

夕方になり、日が落ちて暗くなる前にと、離宮の名物だという露天風呂に入ることになった。

青妃がおすすめしていた温泉だ。私は温泉自体が初めてなのだが、薬草風呂みたいなものだろうか。ちょっと楽しみでウキウキする。

「朱妃、温泉では湯着（ゆぎ）を着る決まりなのだそうです」

あれからすっかり大人しくなった陸寧が、肌着に似た白い湯着を差し出した。綿紗（めんしゃ）で出来た湯着は薄くて柔らかい。

着せてもらうと、丈は膝上だし、生地も薄くて何とも心許（こころもと）ない。

「お済みになりましたら声をおかけください」

「うん。じゃあ入ってくるわね」

外からはサラサラと湯の流れる音がしている。

脱衣所の外に出ると、屋根だけはある四阿のようになっていて、地面には平らな岩が敷き詰められている。ふと、かつて祖父が作っていた貼り薬の匂いがした。薬に使う硫黄は温泉地で採取すると聞いたから、同じ匂いなのも当然か。

ちょっと懐かしい匂いに、私はくんくんと鼻を鳴らしながら温泉に近寄った。

四阿の屋根の下にある温泉はごつごつとした岩に囲まれた岩風呂だった。白いお湯から湯気が立ち上っている。キョロキョロ辺りを見回すと木の桶を見つけた。桶で温泉のお湯を掬い、足に少し掛けてみる。思っていたより熱くて、つい足踏みをしてしまった。

「……莉珠か」

「ひゃあっ！」

突然の雨了の声に私は目を丸くした。

「う、雨了も入っていたんだ？」

湯気で気が付くのが遅れたが、岩陰に紛れるように雨了の姿があった。

雨了も湯着を着ている。濡れた湯着が肌に張り付いているのが見えてしまった。長い黒髪は濡らさないように結い上げてある。そこいらの美女よりずっと色気がある。

「どうした？」

「な、なんでもないっ！」

雨了をじっと見ていた私は慌てて首を横に振った。

「少し熱いが良い湯だぞ。慣れないうちは足だけ浸かってみろ」

「う、うん……」

頼りない湯着一枚なのが恥ずかしい。だから陸寧は脱衣所までしか来なかったのだ。先に雨了が入っていることを知っていたのだろう。

顔が熱くて、温泉に入る前からのぼせてしまいそうだ。それを誤魔化すように私は何度か掛け湯をして、足先を温泉に入れた。

「わ、熱い……」

じんわりと温泉の熱が足に染み込んでくる。

「滑るから気をつけろよ」

「うん」

白いお湯は不透明で深さが分かりにくい。私は足の先で湯の底を探る。それほど深くもなくて安心した。どうやら中は段差になっているようで、上の段に腰掛けることも出来るらしい。

足が温度に慣れたので、おっかなびっくり下半身をお湯に沈めていく。

「ふわぁ……熱いけど気持ち良い……」

段差に腰掛ける。ちょうどお腹の辺りまでお湯が来ている。ふう、と息を吐いた。

「ねえ、雨了はどれくらい前から入っていたの？」

「ほんの少し前だ。暗くなってからでは足元が危ないからと言われてな」

「あはは、私も同じ」

少しお湯の温度にも慣れてきた。私は岩風呂の奥にいる雨了の方に足を踏み出そうとし、ぬるっとした湯の花に足を取られて盛大に転んだ。

「わっ……！」

バシャンと激しい水の音がして水柱が立つ。

しかし私は転びもせず、雨了の腕の中に抱き留められていた。温泉の飛沫で全身が濡れてはいるが、転ぶ前に雨了が支えてくれたのだ。

「まったく、滑ると言っただろうに」

「あ、ありがと……」

「そなたが転ばなくて良かった。岩風呂だからな、以前の龍圭殿よりひどいことになるところだったぞ」

そんな昔というほどではないが、すっかり忘れていた恥ずかしい思い出話をされて私は顔が熱くなる。確かにあの時も足を滑らせて転んだのだ。あの時は絹の衣を踏み付けて、今回は湯の花のせいだ。

「あの時のことは忘れてよ！」

「嫌だ。あの時は抱きとめられなかったが、今回は間に合って良かった」

「あう……」

私は薄い湯着一枚で雨了と密着していることに気が付き、心臓が急に激しい音を立て始めた。お湯のせいだけでなく顔が熱い。温泉に浸かって温まった雨了の体が熱くてドキドキが止まらない。お湯より熱いのではないかと思うくらい熱い腕が背中にまわされ、ぎゅっと抱きしめられる。

「う、雨了……もう放して大丈夫だから……」

「またそなたが転ぶかもしれないと思うと放せないな」

「もう……！」

私は身動きもままならないので、額を雨了の胸にぶつける。雨了はクスクスと笑い、つられて私も笑ってしまっていた。

雨了は、私の濡れた髪が張り付いた頬を撫でる。

「……莉珠、おいで」

その言葉にドキッとして、心臓が止まるかと思った。

「うん……」

雨了は私を抱き寄せたまま、ゆっくり温泉に浸かっていく。

「熱いか？」

「だ、大丈夫」

だって、温泉より雨了の体の方が熱い気がする。

肩まで浸かり、はあと息を吐いた。

「どうだ、慣れると心地好いだろう？」

「うん。お湯が本当に白くてびっくりした」

「莉珠の故郷は王都に近いし、あの辺りは温泉が出ないからな」

「そうだね」

私はパシャパシャと手慰みに手のひらに白いお湯を掬っては落とす。

「そういえばね、青妃から聞いたんだけど、この温泉は病後の回復にいいんだって。雨了もまだ疲れているみたいだし、きっと回復が早くなるね」

そう言って見上げた雨了の顔は、こんなに熱い温泉に入っているのに妙に白い。

「……ねえ、雨了。やっぱり顔色が白いよね」

「そんなことは……」

「そんなことある！　かじっただけとはいえ、私にも少しは薬学の知識があるんだからね」

雨了は黙して答えない。

しかしじいっと睨む私に根負けしたのか雨了は渋々答える。

「……少し暑さがこたえているせいだ。しばらくこの離宮に滞在すれば回復する」

「それは分かってる。でも、雨了が心配なんだよ。だって、雨了は私にとって大切な人なんだから」

大好きなの、私は雨了の耳元でそう呟く。

「俺も……莉珠が愛しい。大切だ。そなたが俺のことを疎んでも、嫌って逃げようとも、絶対に放しはしない。どこにいても見つけ出す」

「雨了を嫌いになるなんて、絶対にないよ。雨了から逃げるなんてことも有り得ない。もし私がいなくなったら、それは私がどこかで迷っているだけだから、その時は捜しにきてね」

「ああ、もちろんだとも」

雨了は私の額や鼻先に何度も口付けをする。

「莉珠……口付けしても良いか？」

「えへへ、夢で会った時と同じだね」

私は頷いてから目を閉じた。

唇に柔らかい感触。

夢ではなく、一方的でもない雨了からの口付け。

じわっと温かな気持ちが胸いっぱいに満ちていく。

しかし目を開くと、やっぱり少し白い顔色をした雨了の顔が見える。

「……すまぬ。先に出て構わぬだろうか」

「あ、ごめんね。のぼせちゃうよね」

雨了はまだ回復していないのだ。あまり長く温泉に入っては病後の回復以前にのぼせてしまう。

触れ合えることが嬉しくて、つい雨了と過ごす時間に夢中になってしまっていた。

雨了は名残惜しそうに私の体を離した。

「凛勢が言っていたが、上がったら莉珠にも冷たい果実水を用意して——」

雨了はそう言いながら岩に手をかけ、温泉から出ようとしたところで、突然ガクリと崩れて膝をついた。ザプンと湯が激しく波打つ。

「雨了！」

私は慌てて湯をかき分け、雨了に駆け寄る。

浅いから溺れてはいない。しかしいつ沈んでもおかしくないように見えた。

「……大したことはない。ほんの少し眩暈(めまい)があっただけだ」

「そういうのは大したことって言うのよ！」

私は雨了の肩を担ぐようにして湯から引き上げる。水気を含んだ湯着も合わせて、雨了の体はずっしり重い。

「お願いだから無理しないでよ……私、雨了の空元気(からげんき)が欲しいんじゃないの！　辛い時はそう言ってよ！」

「問題ないと言っているだろう」

最早雨了は意地を張っているとしか思えない。

私はそんな雨了をじっとりと睨む。

「……もし雨了がそうやって無理して、もっと具合悪くしたら絶対許さない。さっきは逃げないって言ったけど、やっぱり家出してやる。上皇陛下のところの子になってやる！」

「……ぐっ……」

雨了は黙り込み、顔を逸らした。

「……凛勢を呼んでくれ」

「分かった！」

私は濡れた湯着のまま脱衣所に飛び込む。その勢いに脱衣所で待っていた陸寧が目を丸くした。

「陸寧！　雨了が……陛下の体調が悪くなったみたいなの。急いで凛勢を呼びに行くから――」

「ま、まあ！　お待ちくださいそんな格好で……！　わ、わたくしが行きますから！」

　陸寧は私の体を拭く予定だった布をバサバサと掛ける。私が大量の布に埋もれると、脱衣所の外に走り去る音が聞こえた。

「……私、いつまでこのままでいればいいの？」

　幸い、脱衣所は女性用と男性用で分かれていた。そのため、すぐ戻った陸寧に体を拭かれ、着替えることができた。その間に侍医が到着し、雨了は温泉から運び出されていった。

　私も着替えが済み、遅ればせながら雨了の居室に向かった。中には入れないが、扉の前に凛勢が立っている。

「凛勢！　陛下の様子は？」

「大したことはありません。のぼせというより、湯から出た際に血の巡りが滞り、それで眩暈を起こしたご様子。一時的なものです」

「本当に本当よね？　雨了を庇って軽めに言っていたりしないのよね？」

　凛勢は頷いた。口元にうっすら笑みが浮かんでいることから、本当に心配はないのだと察して、私はほんの少しホッとする。

「朱妃、陛下は私のことを色々と吹き込んだようですね。お返しに朱妃には陛下から口止めされていたことをお伝えします」

「え、それって凜勢が後で怒られたりするんじゃ」

「大丈夫ですよ」

「それで口止めされていた内容って……？」

「陛下は、これまで朱妃と会う時は無理して元気を装っておりました。空元気というやつですね。それが隠しきれなくなったのですよ」

　凜勢の言葉に私は眉を寄せる。

「それじゃ……相当悪いってこと？」

「いいえ、結局は体力の回復をさせるしかないことに変わりありません。声を出すのも辛い、起き上がりたくないと我々宦官（かんがん）には駄々をこねますが、朱妃がいらっしゃると気力で起き上がり、元気なふりをします。あの方は朱妃に見栄を張り、格好を付けているのです」

　私はそれを聞いて目を丸くした。

「か、格好付けている、だけ？」

凛勢は静かに頷く。

「その通りです。格好悪いところを大切な朱妃にお見せしたくないから、意地を張っているだけなのですよ」

「良かったぁ……」

私はそれを聞いてその場にしゃがみ込む。

「朱妃、手をお貸ししましょうか」

「いいえ、大丈夫よ！」

私はすっくと立ち上がった。

「雨了に伝えておいて。無理せずちゃんと休んで、回復させてって。私、格好悪くても、弱音吐いても、雨了のことが大好きなことは変わらないんだから！」

凛勢は薄く微笑み、背後の扉を指し示す。

きっと扉越しにこの会話が聞こえているのだろう。私だって雨了が聞いていると思って言ったのだから。

「今後は陛下にご無理させず、しっかり静養していただきます。場合によっては縛り付けても」

「そうね、そうしてちょうだい」

澄ましてそう言う凛勢に、私は笑いながら答えた。

「……ただ、陛下の回復の遅さは、やはり暑さのせいもあるようですね」

「確かに……温泉から出た直後は涼しい気がしたけど、今はそうでもないものね」

むしろ湯上がりな分、余計に暑い。既にじっとりと汗をかいていた。

「朱妃の部屋にも冷えた井戸水で作った果実水をご用意しております。朱妃もご休息を」

「うん、ありがとう」

私は凛勢に挨拶をして自分の居室へ戻る。その途中、中庭に面した回廊から夜空を見上げた。もう日は暮れて、星々が輝き始めていた。

大きな星が四つ。そして小さな星は数えきれないほど、キラキラと瞬いている。

しかし、この夏はどこかがおかしい。言葉に言い表せない不安定さが、べったりと残った染みのように、私の心に付き纏っているのだった。

それから数日が経ったが、雨了の体調は良くなったり悪くなったりで、いまいち芳(かんば)しくはない。元々、たった数日で良くなるものではないのだ。だからこそ、この離宮への滞在期間は長めに予定を組まれている。しかし回復を妨(さまた)げるようなこの暑さはどうしようもない。せっかく遠方の離宮まで来たのに、思ったほどの効果が得られないのが余計に辛かった。

凛勢もあれから本気で雨了を縛り付けているのか、雨了は己の居室で大人しく寝ているという。

私の方はこの数日で旅の疲れもすっかり取れた。しかしやることもなく暇を持て余し、離宮の中庭にある四阿(あずまや)にいた。

陸寧は日焼けをしたくないようで、日を遮(さえぎ)るものが少ない中庭には滅多についてこない。安麗俐とのんびりするにはもってこいの場所だ。

「朱妃、昂翔輝のことなのですが……」

「うん、何か新しいことは分かった？」

せっかく時間があるので郷長(ごうちょう)の屋敷にいる、星見(ほしみ)一族の最後の生き残りである昂翔輝をどうするか相談していた。かつての自分にどことなく似た少年への同情心もあると思うのだが、妙にあの少年のことが気になるのだ。

安麗俐も幼馴染の息子と知っては、当然ながら放っておくことは出来ないと思ったらしい。しかし、今は郷長というちゃんとした地位もある人間が昴翔輝の義理の父なのだ。保護者として正式な手続きもされている以上、犬猫の子を譲ってもらうように簡単にはいかない。

それに私は雨了が元気になれば後宮に戻る。後宮にはいくら幼くとも少年を連れ帰ることは許されない。金銭を渡したとしても一時的なことだし、それだって取り上げられたらおしまいだ。

「長溥儀は昴翔輝を息子というより、下働きとして扱っている様子です。幼くとも無償の労働力ですから簡単には手放さないでしょう」

「……ちょっと可哀想な境遇よね。どうにか出来たらいいのだけど」

せめて昴翔輝と直接話をしてみたかったが、日中はこき使われており、早朝や深夜くらいしか自由な時間がないのだという。逆に私の方はそんな時間帯に離宮を抜け出すのは困難だ。

「ただ……気になる話を聞きました」

「どんな?」

「それが……長溥儀は元々がめついところはあったそうなのですが、それ以上に太っ腹な部分もあり、使用人や近隣の村の者からは好かれていたと。前妻との間に実子がいないこともあり、昂翔輝を引き取った当初は跡継ぎとして大切にしていたそうなのです。しかし数年前から急にあのような仕打ちになったそうで……」

「……何かあったってこと?」

「それが、あの巨木を切ってから、急に人が変わったようになってしまったそうなのです。あの木の呪いなのではないかと……。そんなことってあり得るのでしょうか」

私は首を傾げた。

「星見の里で大切にされていたって木なのよね。切り株の大きさからしても、相当な樹齢の木でしょう。……呪いとかは全く分からないけれど、もしかしたら不思議な力のある木だったのかもしれないわね」

「ええ。昂翔輝も亡き母から木の話を聞いたのか、巨木の切り株付近によくいるそうです。わずかな休憩時間はあそこで笛を吹いていると」

早朝、切り株に座って笛を吹いていた昂翔輝を思い出す。あそこしか安寧の場所がないのかもしれない。

「……あの屋敷の使用人にも話を聞いてみたのですが、使用人になって日が浅い者ばかりで実のある話は聞けませんでした。元々長く勤めていた使用人は、長溥儀の性格が変わってしまった頃に幾人も解雇されて、今は連絡も付かないとのことです。私の故郷の村に、その使用人と親しくしていた者もいたのですが、別れの挨拶一つなかったそうで……」

「うーん……なんだか気になる話ね」

安麗俐は頷く。

「昂翔輝のために何かしてやりたいのですが、故郷の村では星見の一族の祟りという噂もあるそうで、その生き残りである昂翔輝も避けられていました」

安麗俐は複雑そうにしている。無理もないだろう。

「それに、ちょくちょく変な話をするからと……」

「変な話？」

「いもしない犬の話をするそうです。朱妃も犬の話をなさっていましたよね」

私は目を見開く。私にだけ見えた犬。あの子供にも見えているのだとすれば。

「間違いなく見たわ。でも私が見たのはただの犬じゃなくて妖の犬だったのかもしれないって思うの。信じてもらえないかもしれないけど、昂翔輝にも妖の犬が見えているのだとしたら……」

「私は妖を見たことはありません。でも信じます。幼馴染にも不思議なところがありましたから。ただ、あの屋敷の使用人には疎まれているようですね。僅かながら金銭を渡して昂翔輝に菓子を食べさせるようにとお願いするので精一杯でした」

疎まれている現状では、それすら本人の口に入るとは限らないわけだ。

うーんと私は考え込む。

「やっぱり直接会って話をしてみたいわよね。昂翔輝自身がどうしたいのかで話は変わってくるから」

「そうですね。次は早朝に私一人で行ってみて、昂翔輝を捜してみようと思います。その際は許可をいただけますか？」

「もちろん」

私は安麗俐に頷いてみせた。

「そうだわ、会えた時のためにお菓子を持っていくのはどうかしら。日持ちするような――あっ！」

　そう提案した瞬間、私は数日前に食べ残した焼き菓子の存在を思い出していた。

「ど、どうなさいましたか？」

「うわ、どうしよう！　あ、あのね、離宮に到着した日に焼き菓子をたくさん出されたのだけど、珍しく胸がいっぱいというか食べきれなくて……」

「残されたのですか？」

「そ、そうなの。それで、もったいないから後で食欲が湧いた時に食べようと思って、包んで部屋に持ち帰っておいたんだけど……」

　気温は高いが、水分が少なくて傷みにくい焼き菓子だったし、多少湿気てしまっても食べられるはずだと思ったのだ。しかし――

「陸寧にバレる前に食べちゃわないと！　虫が湧いたりしたら、恐ろしいことになっちゃう！」

　私はあの潔癖過ぎる陸寧が取り乱すのを想像して鳥肌を立てた。栗鼠や犬でああなのだ。虫や鼠にいたっては考えるだけで恐ろしい。

「あの……先程、陸寧は居室の整頓をすると言っていましたが、まずいのでは」

「うわ、止めなきゃ！」

私は慌てて四阿（あずまや）から飛び出した。

しかし、居室近くで激しい悲鳴が聞こえ、私たちは間に合わなかったことを察したのだった。

「きゃあああああああ！　いやあっ！　いやあああああ！」

絹を裂くようなどころではない、絶叫に近い悲鳴に、私の前を走る安麗俐も速度を上げる。

まさか、黒光りするあの害虫だろうか。虫は嫌いではない私でもちょっと怯（ひる）んでしまう例の虫なら少し困る。せっかくこの数日は陸寧の態度もマシになってきたのに。

そう思いながら急いで部屋に戻る。

さすがにあの悲鳴は聞き逃さなかったのか、秋維成までもが、いつでも剣を抜ける体勢で室内に飛び込んできた。

「一体、何事だ！」

「ひいいいいい！　いやあっ！　気持ち悪いい！」

陸寧は真っ青な顔をして秋維成に抱きついた。

「お助けくださいませっ！　鼠ですっ！　こんなっ……不衛生なケダモノがっ！」

「は？　鼠……？」

きょとんとした秋維成。遅れて凛勢や宦官たちも何ごとかとやってくるのが見えた。

「なんだよ。ただの鼠ごときにそんな悲鳴を上げたってのか？」

「秋維成様っ、早く、早く退治してくださいませ！」

どうやら食べ残しのお菓子目当てに鼠が出てしまったようだ。陸寧が悲鳴を上げたのでおおごとになってしまった。

いや、私が悪いのは重々承知の上ではあるのだけれど。

「あの――」

「ごめんなさい。許してください……ごめんなさいごめんなさい」

私がお菓子を残していたせいだと謝ろうとした瞬間、どこからか小さな小さな声が聞こえたのだった。

「今の声……誰？」

私はキョロキョロと辺りを見回す。その甲高い声は知っている誰とも違う。

「声……ですか？　何のことでしょう」

安麗俐は不思議そうに言う。

「え……？」

気のせいか、と思ったが、やっぱり謝る声がする。

探し当てた声の先には砂色の鼠の姿があった。

鼠はガタガタと震え、小さな前肢(まえあし)を口元に当て、怯えきっていた。

「鼠……」

「そ、その汚い鼠がっ、食べ物を漁っていたのですっ！　は、早く殺して！」

陸寧の金切り声に鼠は更に震えた。

「ご、ごめんなさい、盗んだ食べ物は返しますから、どうか命だけは助けてください。お願いします。子供がいるんです……この暑さで子供に食べさせるものがなくなってしまったのです……」

毛がボサついているが、普通より少し大きいくらいのただの野鼠に見える。しかし確かに喋っている。耳を澄(す)まさないと聞こえないくらい小さな声だけれど、聞き間違いではない。

キョロキョロと見回してみるが、鼠の声が聞こえている様子の者はいない。

まるで人のように震え、その場に蹲った。いや、土下座をしているのだ。胡麻粒のような黒い瞳にも涙が浮かんでいる。やっぱり、ただの鼠のはずがない。

「お願いします……今私が死んだら子供が飢えて死んでしまう……どうか、許してください……」

知性がある。そして子供がいるから殺さないでと命乞いをしているのだ。この鼠はおそらく――妖だ。

そして、ろくの真ん中の足が私にしか見えないように、この鼠の声が聞こえるのはこの部屋では私だけなのだ。

「気持ち悪い！　秋維成様、早く殺して！」

「殺してって言われてもなぁ。そんなにしがみつかれちゃ何も出来ないっての」

陸寧に強くしがみつかれ、すっかり呆れたように秋維成は言った。

凛勢は無言で片眉を上げ、鼠ではなく興奮状態の陸寧を観察しているようだ。他の宦官はただの鼠かと去ってしまった。安麗俐は困ったように腕を組んでいる。

――やっぱり誰にも鼠の声が届いていない。

「あ、あの！　その鼠、殺さないであげて！」

私がそう言えば陸寧は目を吊り上げた。

「朱妃、何を言うのです！　鼠だなんて、不衛生なケダモノを庇うなど！　早く殺さなければ！」

「待ってください。たかが鼠でしょう。殺さなくても箒か何かで外に掃き出せばいいではないですか。すぐに逃げていきますよ」

田舎育ちの安麗俐は鼠を見慣れているのかそう言うが、潔癖な陸寧は半狂乱の面持ちで首を横に振った。

「いいえ！　殺さなければ！　この部屋にあるものはもう全部使えません！　ああ、汚い！　気持ち悪い！」

「お願い……助けて……死にたくない……」

鼠はこんなにも泣いて、震えて、怯え切っているのに、この妖の言葉が分かるのはここには私しかいない。それなら私がなんとかするしかない。

「待ってよ！　殺さないでって私が言っているの！　その鼠はただの鼠じゃない。反省しているから、許してあげましょう」

「な、何を訳の分からないことをおっしゃるのです！」

陸寧は鼠を指差し、キイキイと喚いた。

「天幕の食べ物を漁ったのも、きっとこの鼠の仕業です！　だって、だって――」

「――あそこに野犬などいなかったから、ですよね」

この場を観察するように、ずっと黙りこくっていた凛勢が、そう陸寧に向かって言ったのだ。

陸寧がひゅっと息を呑んだ気配がした。

部屋の中がシンと静まりかえった。鼠は何が起こったのか分からない様子で不安そうにキョロキョロと辺りを見回している。

「殺すなと言われましたしね。安麗俐殿、その鼠を逃がしてやってくれないか」

陸寧にしがみつかれたままの秋維成は安麗俐に言う。

「わ、分かりました」

「な、何よっ！　そんな害獣っ！」

安麗俐が鼠を逃すより早く、陸寧はさっと身を翻し、片付け途中だった湯呑み茶碗を手に取り、鼠に向かって投げつけた。

「ひっ……！」

「――危ない！」

私は咄嗟に、前に出て鼠を庇っていた。

背中に陸寧が投げた湯呑みが当たり、割れた音と共に鈍い痛みが走る。

「くうッ……」

「しゅ、朱妃！」

安麗俐や秋維成が慌てた声で私のことを呼ぶのが聞こえた。

「い、今のうちに。安麗俐、その鼠を逃してあげて。その焼き菓子も持てるだけ持っていってもらって」

「は、はい……」

背中は痛いが、鼠に当たらなかったことに、ホッと息を吐いた。

「無事で良かった。気を付けて帰ってね。お子さんによろしく」

「ありがとう……本当に……」

鼠は小さな声で私にお礼を言ってくれた。無事で良かったと私は笑う。鼠は出ていく瞬間、不意に振り返り、黒い瞳でじっと私を見つめた。

「茉莉花の香りがするお嬢さん……貴方なら分かるかしら。この暑さで山が弱っています。どうにか星を戻さなきゃいつまでもこのままです。でも大きな蛇の臭いもします。どうか気を付けて……」

「え……？」

聞き返したが返答はない。安麗俐が開け放した扉から、焼き菓子を抱えた鼠が二足歩行でよたよたと走り去っていく。

「逃しました」

「安麗俐、ありがとう」

気が付けば陸寧は秋維成に取り押さえられていた。陸寧は真っ青な顔で表情を歪ませている。

「わ、わたくしっ……わざとでは……鼠に当てるつもりだったのです！」

「そうだとしても朱妃に当たっちまったんだよ。そもそも朱妃が鼠は逃がせって言っていたじゃないか」

「でもっ、でもっ、わたくしはっ！」

秋維成は気乗りしない様子で陸寧を押さえている。

安麗俐は心配そうに私が身を起こすのを手伝ってくれた。

「朱妃、お怪我は」

「大丈夫よ。当たった時にちょっと痛かっただけ」

茶碗は空だったし、破片が刺さったわけでもない。せいぜい痣になる程度だ。

「安麗俐殿、割れた茶碗を片付けていただいてもよろしいか」

凛勢は静かにそう指示をする。安麗俐は頷くと、手早く割れた破片を片付けてくれた。

「朱妃。侍医を呼びます。無理に動かないよう」

「ねえ、私は大したことないから陸寧を放してあげて」

「いいえ、出来ません」

凛勢は首を横に振った。

「そこの陸寧は、朱妃に怪我をさせただけでなく、虚偽の報告をいたしました。そうですね？」

凛勢が冷ややかな声でそう告げると、陸寧はさあっと顔を青くした。私は凛勢と陸寧の間で視線を行ったり来たりさせた。

「えっと……どういうこと？」

「野犬が出て天幕を荒らされた事件。あれは陸寧の狂言だったのです。天幕の内部を荒らしたのは陸寧の犯行でした」

「い、いいえ、違います！　あれは野犬が――」

「探索させましたが、野営地近辺に野犬の痕跡はありませんでした。足跡、糞の形跡共になし。ある程度以上の大きさの獣はあの辺りにはいません」

「じゃ、じゃあ、鼠ですわ！　ああしてどこからか入り込んで……」

「ええ、そうかもしれません。野営地で鼠は目撃されています。あの鼠と同色の毛も天幕の食料を漁られた付近で見つかっています」

「で、では……」

「ですが、それとは別に黒っぽい毛が天幕で発見されています。それを撒いたのは陸寧ですね」

　陸寧の血の気が引き、体が震え出す。それは言葉にしなくても如実に陸寧の仕業なのだと表していた。

「そもそも、あの毛は犬のものではありませんでした。細さや艶からして黒貂の毛でしょう。朱妃、黒貂の毛皮がどこかにあったか、覚えがございませんか？」

「え、わ、私？」

突然話を振られて、私は慌てた。

この暑いのに毛皮などあっただろうか。

「……ごめんなさい。覚えてないわ」

「朱妃、ありましたよ。馬車です！　座面の敷物に毛皮が使われておりました！」

安麗俐がそう言い、私はあっと声を上げた。

「ええ、その通りです。既に馬車の方も確認しております。黒貂の敷物に毛を切られて短くなっている箇所がありました。そして天幕を荒らされたあの日、天幕に入ったのは、組み立てや荷運びをした者以外だと、陸寧だけです」

陸寧は真っ青になって震えていた。

「どうして……って聞くのは野暮ね。そんなに野営が嫌だったのね……」

そして犯行に及んだのだ。だから犬の話題が出るたび、あんなにも取り乱したのだろう。嘘なのに、いないはずなのに、と。

「おそらくはそういうことでしょう。郷長の屋敷を見つけて、魔が差したというところでしょうが」

「も……申し訳ありません！　わたくし……どうしても恐ろしくてたまらなかったの

です！　朱妃が、山道で犬を見かけたとおっしゃって……野犬のいる場所で野営など、耐えられなかったのです！」

取り押さえられた陸寧は、わあっと泣き出した。大粒の涙がボタボタと垂れている。取り押さえられているから涙を拭くことさえ出来ない。

「それはわたくしだけではございません！　高貴な方々に、屋根のある場所でお休みいただきたいというこの気持ちは誠のものでございます。なんだかこの山に入ってからずっと恐ろしくて……」

陸寧の涙は演技ではない。慣れない環境や旅で精神も疲弊していたのだろう。

「陸寧……犬がいるなんて言ったせいよね」

目撃したその犬だって、私以外には見えない妖なのだ。あの時、犬がいるなんて言わなければ――そう思った私に、凛勢はきっぱりと言った。

「いえ、天幕を荒らしたのは全てこの陸寧のせいです。この者は朱妃に罪悪感を植え付け、赦免してもらおうと思っているだけです」

「そ、そんなこと……！」

「そうだよな。目玉が飛び出るほど高い品々を荒らすなんて、まともな神経じゃやれないって」

秋維成は陸寧を押さえつけたまま、器用に肩をすくめる。

「当然です。後宮に戻られる際にも天幕や馬車を使うのですよ。それを台無しにする宮女がまともとは思えません。しかも、これまでも感情優先で朱妃の指示を何度も無視していました。あまつさえ怪我までさせるとは」

安麗俐までそう言った。

さすがにそこまで言われて、私一人で庇うわけにいかない。

「そ、そうね。天幕を荒らした件は陸寧が全面的に悪いと思う。陛下だけでなく、月影宮の所属なのだから、帰ってから上皇陛下にもご報告します。ただ、茶碗を投げたことは勝手に前に出た私のせいもあるし、不問にするつもりよ。それでいいかしら？」

「朱妃がそう望まれるのでしたら」

凛勢は頷く。

しかし、陸寧は涙を湛えたまま私をじっとりと睨んだ。

「……ひどい……わたくしは朱妃のためを思って、こんなにも身を尽くして参りましたのに……」

その態度に秋維成は首を振る。

「ああ、こりゃ駄目だな」

「……朱妃、侍医が到着しました。安麗俐、朱妃を別室に」

「はい。朱妃、こちらに」

陸寧は涙を零しながらも私から目を逸らさず、ぶつぶつと恨み言を呟き続けていた。

「ひどい……騙された。あの方が悪いのです。わたくしは朱妃に野犬がいると騙されて……鼠もあの方が連れ込んだに違いありません。全部わたくしを貶めるための罠なのです。あの方はいつもそう。いないものを見えると嘘ばかり吐いて気を引こうとしているのです。そして周囲に悪運を振り撒く厄災の種なのです。ああ、陛下をお救いしなければ……宦官も近衛も皆があの悪妃に騙されている……」

「聞いてはなりません」

安麗俐が庇うように私の肩を抱くが、言葉を防ぐことは出来ない。

私は唇を噛み締めた。

下手に庇わない方が良かったのだろうか。これまでの私の態度が陸寧を増長させてしまったのかもしれない。陸寧の呟きが耳に残り、口の中が苦く感じた。

陸寧は連れて行かれ、私は別室で侍医に背中を診てもらう。思った通り大したことはなく、後で痣になるかもしれないと湿布を貼られただけで終わりだった。

部屋に戻ると凛勢だけが待っていた。陸寧や秋維成の姿はなく、片付けも済まされて何もなかったように見えてしまう。

「朱妃、お怪我の様子は」

「平気よ。本当に大したことなくて。もしかしたら痣になるかもって」

「それは大したことに該当しますので、どうぞお掛けになってください」

凛勢に促され、私は苦笑して椅子に座る。

「まずは謝罪を。この度は宮女の監督が行き届かず、朱妃に多大なるご迷惑をおかけしました」

「そんな、凛勢のせいじゃないし」

「いいえ、私の役目は同行の従者全ての監督や采配も含まれておりますから。離宮から戻った後になりますが、この責任は取ります」

凛勢は淡々とそう言う。

「ねえ、陸寧はどうなっちゃうの？」

「一旦、月影宮に戻すため護送いたしました。虚偽報告は軽い罪ではありません。それに天幕内の品々や馬車の敷物を故意に破損させていますから。朱妃に怪我をさせた件をなかったことにしても、それなりの罪に問われるでしょう」

「そう……」

茶碗を当てたのは私が勝手に前に出たせいだ。それはなかったことにしてもらっても、天幕内を荒らしたことまでは庇えない。

「ねえ、凛勢は……私のことを厄災の種だって思う？」

凛勢は片眉をわずかに上げる。

「先程の陸寧の言葉ですか。まったく馬鹿らしい。身勝手な罪を犯した者の言葉などまともに聞くに値しません。私が無条件で信じるのは陛下のお言葉。そして陛下は貴方をたった一人の愛妃として選んだのです。それだけのことです」

「でも、妖だって見えるし……」

「それに関しても以前から伺っていますが、妖が見えたから何なのですか。私には見えませんし、感じることもありません。しかし、人間は出来ることが個人によって違います。私は秋維成のように剣を振るえませんが、秋維成も私と同じ仕事は出来ま

せん。朱妃の能力も同様ではありませんか。そもそも龍の血を引く方々に仕えている
のですから、今更人ならざるモノを否定する意味が分かりませんね」
凛勢の言葉に私は目を丸くした。そんな考え方もあるのか、と。
「それで、先程の鼠も妖だったのですか？」
「う、うん。多分、山で見た犬も妖だったんだと思う。私にしか見えていなくて……
それから、あの鼠が少し気になることを言っていたの」
「お伺いしても？」
私は頷いて鼠が最後に言ったことを話した。
「……山が弱っている、それから星を戻さないとならない。更に蛇がいると。山の中
ですから、蛇くらいいるのでしょうが、離宮近辺に巣があるのかもしれませんね。念
のため対処しましょう。山が弱っているとはこの酷暑の影響ということでしょうか。
鼠がこの離宮に侵入したのも、山の恵みが例年と違うため、餌がないのかもしれませ
ん。それから星とは……占星術ということでしょうか」
「あの、星見の一族というのがこの山に元々住んでいたそうなの。それが関係してい
るのかもしれない」

安麗俐の幼馴染の話を凛勢にする。

「ではその鼠にもっと詳しく話を聞くか、星見(ほしみ)の一族の生き残りである子供が何かを知っているかもしれないということですか。陛下が目覚めた時に、その件に関してもご報告をいたします」

「うん、お願い。そうだ。秋維成は何か分からないかしら。妖(あやかし)の気配が分かると聞いたけど」

聞いただけでなく、危うく魂を斬(き)られそうになったのだが。

「秋維成でしたら――」

「俺がなんだって？」

秋維成はひょっこりと顔を出した。

「ああ、陸寧は兵士を三名付けて、月影宮に護送させました。彼女のご希望通り、天幕ではなく宿での宿泊になりますよ。まあ手縄(てなわ)と特別な監視付きですがね」

「陸寧……」

「朱妃、優しいのと甘いのは違います。俺からすれば、あの女は最初から自尊心の塊みたいで嫌な感じでした。これから仕事って時にねっとりした下心で擦(す)り寄るとかゾッとしますよ。ああいう自分勝手な犯行に同情心なんて欠片も湧きませんね」

「そうね……ごめんなさい」

「朱妃が謝ることではありませんよ。それで、俺に何かご用ですか」

「ええ、秋維成は妖の気配が分かるのでしょう？　さっきの鼠で何か気付いたこととかないかしら。鼠じゃなくても、この山に入ってからどうだった？」

秋維成は首を捻る。

「うーん、俺のは妖の気配が分かるというより、何もいるはずない場所に気配があるから違和感……って感じの曖昧なものなのです。さっきのも、何かがいると思って飛び込んだら鼠だったという程度でしか」

「そう……」

「ただ、こういう山の中ってのは獣も妖も多いものです。だから妙に気が散るというか……。この山にも何かはいるっぽいですが、それが近くに来て牙を剥くまではどんな妖なのかは分かりませんね」

「この山にも何かいるの？」

「大抵の山にはいますよ。山の主って聞いたことありませんか？　山ってそういう力を秘めているのでしょうね。それに、この山は龍脈があって、特に強い場所なのでしょう。こんな離宮が作られるくらいですし」

秋維成のはあくまで戦うための気配察知の能力といったところか。私とは見え方や感じ方が異なるようだ。

秋維成は説明を終え、キョロキョロ辺りを見回した。

「そういえば安麗俐殿の姿が見えないようですが」

「ああ、お茶を淹れに――」

「すみません、お待たせしました」

ちょうどそこに、安麗俐がお茶を持って部屋に入ってくる。

「手慣れないもので、遅くなってしまい……」

「ううん、ありがとう」

陸寧の抜けた穴はこうして安麗俐が埋めてくれることになったが、彼女は宮女ではない。今もおっかなびっくりな手付きで妙に濃いお茶を淹れていく。

「……ちょっと茶葉が多すぎましたね」

安麗俐は困ったように眉を寄せている。しかしちょっとどころではなく、茶器からお湯を吸って膨らんだ茶葉が溢(あふ)れていた。

「安麗俐殿が淹(い)れてくれたお茶ですから、喜んでいただきますよ！」

秋維成は脂汗を流しながらも、そのやたらと濃いお茶を飲み干している。

「ぐッ……お、美味(おい)しいです！　お代わりをいただけますか」

「す、すみません……無理せず残してください！」

安麗俐は耳を真っ赤にしている。

「……お湯で割ったらどうですか」

「そうね」

私と凛勢はお湯で割ってもらう。それでもまだ相当濃いお茶だ。美味(おい)しくはないけれど、なんだかホッとする味だった。

第六章

鼠の妖曰く、この暑さには原因があるらしい。暑いままでは雨了の体調はいつまでも良くならない。ずっと一進一退で、せっかくの離宮でも寝ているしかないのだ。

「――と、いうわけなの。原因をどうにかすれば涼しくなると思うんだけど」

次の日、私は目を覚ました雨了に簡単に説明をした。

私に格好つけるのを止めさせたので、雨了は寝床にぐったり伏したまま聞いている。ふらふらなくせに無理していたり、辛そうな姿を見せまいと遠ざけられるより、こちらの方がマシだ。

「ふむ、鼠から聞いた手がかりは『星を戻す』ということだけか。蛇も気になるが」

「そう。だから、鼠にもっと詳しく聞いてみるか、星のことに詳しそうな星見の一族である昴翔輝に聞いてみるしかないと思うのよね」

「……しかし、その者はまだ子供なのだろう。赤子の頃に母以外の一族の者を失っている。果たして詳しいことを知っているだろうか」

「問題はそれなのよね。でも、あの鼠はこの山のどこかにいることしか分からないから、すぐ聞けそうな人はもう昂翔輝しかいなくて。それに、安麗俐の幼馴染の息子なんですって。気にかけているから一度話をさせてあげたいのよ」

「……ならば凛勢に頼むのが手っ取り早いだろう。凛勢、出来るか？」

後ろに控えていた凛勢は頷く。

「そう聞かれましては何とかするしかございませんね。とりあえず、まずは穏便な方法からいくとしましょう。長溥儀に朱妃——いえ、我が妹である『凛莉珠』が離宮で暇を持て余しており、年の近い子供と話がしてみたいと言っていると持ちかけるのです。あの長溥儀は王族関係者と誼を得たいのですから、通常であれば喜んで差し出すのでは？　もちろん、その際には彼の自尊心をくすぐるような王宮御用達の品を先日の礼として贈るのも忘れずに」

「……ちょっと待って。聞き捨てならないんだけど。昂翔輝と年が近いって、それ、おかしくない？　あの子、確か八歳なのよね。どう考えても離れているでしょうが！」

ぶはっと吹き出したのは雨了だ。寝転がったまま私に背を向けて肩を震わせている。

「……凛莉珠の年齢は長溥儀に告げておりません。大人びた十二歳といえば通じなくもないでしょう。朱妃は口を開けば年相応ですが、長溥儀とは挨拶を交わした程度ですし十分誤魔化せるかと」

私は眉をぐっと寄せた。

「凛勢まで私のこと子供っぽいって思っているのね！」

「いえ、そんなことはありません。大変お若くお見えになる、と」

「同じじゃないの！」

私は半眼になって凛勢を睨んだ。

ついでにずっと肩を震わせて笑いを堪えている雨了をぺちっと叩く。

「もう、雨了も笑い過ぎ！」

「ま、まあ……あくまでそういう設定だ。穏便に済ませられるならそれでよかろう」

私はムスッとして腕を組んだ。

「……で、もし断られたら？」

「その場合は権力でどうにかするしかありません。なんらかの嫌疑をかけて長溥儀を押さえ込み、昂翔輝を参考人として保護すればよろしいかと。郷長をやっているのですから、叩けば埃くらい出るでしょう。屋敷を見た感じ、最低でも脱税はしていますね」

サラッとそんなことを言う凛勢。

「……ねえ雨了、凛勢が一番怖い気がするんだけど」

「ああ、俺も常々そう思っている。俺は母と凛勢だけは敵に回したくない」

凛勢はそれを聞き、普段の無表情が嘘のようにニッコリと微笑んでみせた。なるほど、その笑みは震えが出るほど美しく、恐ろしいのだった。


と、まあ、凛勢に頼んだので数日中には昂翔輝と話す機会が出来そうだ。

「その際には私にも同席の許可をお願いいたします」

「もちろん。安麗俐にもいてもらうつもりよ」

「ありがとうございます」

安麗俐はぎこちない手つきでお茶を淹れ、私の前に茶碗を置いた。たった一日でお茶の淹れ方が多少は様になっている。味も昨日に比べれば美味しい。

「もうそろそろ朱妃もお休みください」

「うん、このお茶を飲み終わったらね」

そんなたわいない話をしているうちに夜は更けていった。

「明日か明後日には代理の宮女が来るのかしら」

「さすがにもう数日かかるのではありませんか？　朱妃にはご不便をおかけして申し訳ありませんが……」

「ううん、お茶も随分美味しく淹れられるようになったじゃない。最初の時なんか、秋維成がさ――」

そう言いかけたところで、外から何か物音が聞こえた気がした。それは扉を叩く音に似ていた。

「な、何の音かしら」

たったそれだけのことに胸がざわざわするような嫌な予感がして、私は手にしていた茶碗を卓に置いた。

安麗俐はさっと緊張をみなぎらせ、キョロキョロと部屋を見回している。

「き、きっと……虫が壁に当たった音とか――」

そう言った時、トントン――と、再度同じ音がした。聞き間違いではない。

「いえ、これは扉を叩く音のようですね」

安麗俐は静かに言う。

トントン、トントン。

単調に、そして執拗に何度も叩く音。

「朱妃、扉から離れていてくださいますか」

「う、うん……」

私は立ち上がり、扉からなるべく離れて部屋の中央に向かう。

胸元に手を当てると脈が妙に速い。

「このような時間に何用か！」

安麗俐は扉を開けず、そう強く問いただした。手はいつでも剣を抜けるようにしている。

トントン、トントン――トントントントン。

しかしその音は扉ではない。窓の方からだった。私と安麗俐は窓の方を振り返る。

遅い時刻のため、窓はしっかり木の板が下ろされている。暑いからと隙間を開けていなくて良かったかもしれない。

窓を叩く音は止まない。

安麗俐は私のそばに来て耳元で囁く。

「今度は窓のようですね。……何か嫌な予感がします」

「うん、私もそう思う……」

何か火急の用なら、深夜だろうと用件と所属を名乗るはずなのだ。こうして無言で窓を叩くだけなどありえない。

「何者だ！　名を名乗れ！」

安麗俐は窓のそばに行き、そう声を張り上げた。

「――わたくしです」

その声は聞き間違いようもない。昨日護送されていったはずの陸寧の声だった。

「り……陸寧？」

「はい、陸寧にございます」

「な、何をしに来た！　貴方は護送された身。朱妃に近寄ることはなりません！」

しくしくと啜り泣く音がする。

「うっ……うっ……申し訳ありません。わたくしは朱妃に謝りたいと、ただそれだけなのです……」

「いけません。立ち去りなさ――いえ、陸寧……貴方、どうやってここまで来たのですか。護送任務の兵士は……」

安麗俐も私もだんだん血の気が引く思いになった。

陸寧を護送するのに兵士を三人付けていたはずだ。ごく普通の宮女が、兵士の目を掻い潜って逃げられるはずない。そして、万が一逃げられたとして、どうやってこの暗い山道を登り、更に離宮の内側にあるこの部屋までやって来られたというのか。外といっても、離宮自体ぐるっと高い塀で囲まれている。小さな鼠ならいざ知らず、野犬すら入れるはずがない。

あり得ないのだ。何もかもが。

外にいる陸寧の声をした何者かがしくしくと啜り泣く音だけがする。

この暑いのに背筋が冷えていく。

それは安麗俐も同様のようだ。安麗俐は脂汗を流して扉の方に視線を送った。しっかりと鍵がかかっている。窓同様、外から簡単には開けられないはずだ。

しかしそれは同時に、私たちもこの部屋から外に出られないということも意味していた。

この部屋の出入り口は外回廊に面している。助けを求めに部屋から出るということは、窓の外にいる何者かの近くを通ることになるのだ。

「り、陸寧じゃ、ないと思う……」

私の口からカラカラに乾いた声が出た。さっきまでお茶で喉を潤していたはずなのに妙に喉が渇く。ごくりと唾を飲み込んだ。

「え、ええ」

安麗俐も頷く。その視線は思案するように揺れていた。護衛の彼女がいるのは心強いけれど、すぐ外に正体不明の何かがいるのはひどく恐ろしい。

音はしばらく止んでいたが、トントン、トントンとまた窓が叩かれ始めた。

「――開けてくださいい。わたくしです。陸寧です。どうかただ一言、謝らせてくださいませ」

「た、立ち去りなさい！」

安麗俐の強い声に、しくしくと啜り泣く音が不意に止んだ。

「き、消えた？」

「そうとは限りません。ご注意を」

案の定、少し経つと再びトントンと窓を叩く音がし始める。

「どうか、開けてくださいませ。わたくしです。陸寧です」

トントン、トントンと窓を叩く音。

「謝らせてくださいませ……朱妃……どうか……」

今のところ、こうして外の何者かは窓をトントンと叩いては啜り泣き、陸寧の声で開けてくれと言うだけだ。

もちろん開けるはずはない。

「しゅ、朱妃。これは妖……なのでしょうか」

「た、多分。開けたらいけないと思うけど……このまま朝になると、どうなるのかしら」

まさか護送中に何かあって、幽霊となった陸寧が来たということなのだろうか。それにしては昨日のような恨み言ではなく、開けてくれ、謝りたいと言うだけなのは不思議だった。しかし、もしも幽霊ならば朝になれば消えるかもしれない。

「あ、朝になるまで踏ん張りましょう」

「は、はい」

私と安麗俐は頷き合う。

当然ながらこんな状況で眠れるはずもない。しかし深夜という時刻のせいで黙っていれば睡魔が押し寄せる。その度に窓を叩かれる音でハッと覚醒するのを繰り返していた。

陸寧らしき何かはトントンと叩くだけで無理矢理入って来ることはなかった。気味悪さはあるが、それ以上のことはしてこない。慣れもあって段々と恐怖心は薄れていく。窓もきっちり閉め切っているから、外の様子も正確な時刻も分からない。あとどれだけ待てば朝になるのだろうか。ただ時間だけが過ぎていった。

ふと、同じやりとりが繰り返されて気が付く。窓を叩く音はしばらく続き、陸寧の声で呼びかけと啜り泣きをするのだが、啜り泣きが止むと次に窓が叩かれるまで少し間が空くようだった。

——トントン、トントン。

「どうか開けてください。……陸寧です。お願いします……」

それからまた、しくしくと泣き声がしていたが、少し待つとふっと泣き声が途絶えた。

私はふうと息を吐いた。これで少しの間は音が止むだろう。そんなごく僅かな気の緩み。

――それをずっと狙っていたかのように、突如、窓ではなく扉がドォンと激しい音を立てた。

「ひっ！」

大きな音に思わず体が震えた。

扉を破るのかという勢いで幾度となくドン、ドンと、叩かれる。

「朱妃、下がっていてください！」

安麗俐は私を庇うように私と窓の間にいたのだが、さっと剣を抜き、扉との間に割って入ってくれた。それでも、今にも扉が破られそうで恐ろしい。

外からの激しい打撃に扉がビリビリと揺れるほどだった。心臓が激しい音を立て、背中を汗が伝う。その強い音に、本能的に数歩後退りしてしまう。

しばらくしてピタリと音が止んだ。しかし、また激しく扉を叩かれるかもしれない緊張感に、私も安麗俐も扉から目が離せずにいた。

「朱妃、まだ動かずに」

「う、うん――」

不意に風が頬を撫で、ムッと生臭い臭いがした。

生暖かい風はまるで吐息を吹きかけられるような不快感がある。

「あれ、風……？」

しかし窓は閉まっている。窓だけでなく、扉もきっちり閉まったまま。風が吹き込む余地などないはずだ。それを理解した瞬間、ザアッと血の気が引いた。

「……上、から？」

首を傾け、真上を見上げた瞬間――ひゅっと息を呑んだ。

天井板がほんの少しずらされていた。

ごく僅か、拳ほどの隙間に陸寧の顔があった。彼女の真っ黒な瞳が真下の私の方を向いている。

目が合った瞬間、陸寧の目が細められた。――微笑ったのだ。

全身に鳥肌が立つ。

「う、上っ！」

体がガクガクと震え、足から力が抜けてその場に崩れるように座り込んだ。安麗俐の名前を呼ぶことも出来ない。

ずるっと音がして、拳しか通れない隙間から陸寧がめり込んできた。ぐにゃぐにゃの軟体動物にでもなったかのように、絶対に入れない隙間から見知った顔の女が入ってくる。

それを目の当たりにした瞬間、私は盛大に悲鳴を上げていた。

「きゃあああああああ!」

「朱妃っ⁉」

ズルズルと音を立て、陸寧の姿をした妖(あやかし)が天井から降りてくる。安麗俐は扉の方に引き寄せられていたため、私との間にすぐに割って入れない位置にいた。

たった一瞬で、私は陸寧の腕に抱き込まれていた。

冷たくてぐにゃっとした妙な感触が私に巻き付く。本物の陸寧のはずがない。その腕は関節や骨の入った動きではないからだ。瞬く間に太い縄のように私の体にぐるっと巻き付き、締め上げたのだ。

「うぐッ!」

ぎゅうっと強く締められ、身動きも取れない。

「ほほほ……捕まえたぁ。ああ、何と良い香り……美味(おい)しそうな娘」

陸寧の顔でうっとりとしながら私の頬を撫でる。冷たい指は血が通っているとは思えない。ふうっと吐きかけられた吐息はひどく生臭かった。

「朱妃を放しなさい！」

安麗俐はそう言いながら、手にした剣で陸寧の背中に斬りつけた。

「まあ……野蛮ね」

しかしガリッと引っ掻くような音がしただけで、陸寧には効いていないようだ。

陸寧の着物が切られ、背中の皮膚も裂けている。その下にはびっしりと並んだ黒い鱗があった。口からはチロチロと二股の舌が覗いている。

「……蛇！」

今の陸寧は蛇のようだった。鼠が言っていた蛇とは、このことだったのだ。

「放せっ！　貴様っ！」

「ふん、田舎臭いこと。女なのに硬くて美味しくなさそうな肉」

そう言った陸寧は何度も斬りかかる安麗俐に足を振るった。

「それに何てしつこいの。邪魔よ、じゃーまっ！」

陸寧の足は今や蛇の尾のような動きをしている。いや、蛇の尾そのものだ。安麗俐は蛇の尾にバシッと打たれ、激しい勢いで壁へ叩きつけられた。

「あ……安麗俐！」

　壁がへこむほど叩きつけられ、ズルッと崩れ落ちる安麗俐はピクリとも動かない。叩きつけられた時に頭を切ったのか額から血が伝っている。

「いやあぁッ！　安麗俐ッ！」

　ザアッと血の気が引く。まさか死んでしまったのだろうか。呼びかけても動かず、少なくとも意識はないようだ。

「さあ、行きましょう……ゆーっくりと中身だけ、美味しく美味しく食べてあげますからねぇ」

　陸寧の腕が私の顔にも巻き付き、安麗俐の名前を呼ぶことも助けを求めることも出来ない。

「ううーっ！」

　そのまま腹這いになった陸寧はズルリズルリと滑るように進み始めた。当たり前のように部屋の鍵を開け、扉から出て行く。さっきの陽動といい、知恵があるのだ。

　安麗俐を弾き飛ばした陸寧の足の皮膚も裂け、そこからも黒い鱗が覗いていた。

「……まあ、この女の皮膚は脆いこと。もう使い物にならないなんて。でも、新しい皮膚があるものね」

　そう言って私の頬を撫でた。

「さあて貴方の皮膚は長持ちするといいけれど」

　背筋がゾッとする。

　この妖は蛇に違いない。そして人間を食うのだ。それも、中身だけを。皮膚を残し、文字通り皮を被ってその人間に化けるのだ。

　ムッと生臭い臭いが陸寧に化けた蛇の妖からしている。それは郷長屋敷で長溥儀からした臭いと同じだった。

　つまり、あの長溥儀もまた化け蛇に体を乗っ取られていた。だから急に人が変わったようになった。もしかすると、突然解雇されて姿を消したという郷長屋敷の使用人たちの行方も——そう考えて更に血の気が引いた。

「うーっ！　むううっ！」

　なんとか逃れようともがくが、より強く締められただけで終わった。蛇の妖は私を絡め取ったまま、ズルズルと茂みを越えていく。高い壁すらも私を連れたまま容易く乗り越えた。離宮の外に出てしまった。

離宮の外は完全な森だ。真っ暗で、僅かな月明かりがあっても木々の影で視界は悪い。このままでは本当に殺される。何とか離宮に駆け込める距離の内に逃げなければ。そう思うのに、締め付けられて身動きできない体ではどうにもならない。

私は無力だ。人に見えない妖が見えるだけ、声が聞こえるだけ。この能力で気味悪がられることはあっても、こんな時には何の役にも立たない。私は結局、誰かに助けてもらうしかないのだ。なのに安麗俐が倒れた今は誰もそばにはいない。

安麗俐の崩れ落ちた体を思い出して涙が滲む。どうか無事でいて。そう願わずにはいられなかった。

「――大丈夫よ、茉莉花の香りのお嬢さん」

不意に、耳元で小さな声がした。

気が付くと私の肩に鼠が乗っていた。ボサついた毛並みのその鼠は、昨日見逃したあの妖の鼠だった。

「落ち着いて。蛇の締め付けを緩ませるから。そうしたら逃げて、とにかくまっすぐに走るのよ」

私は無言で頷く。口は蛇の腕に塞がれているからどっちにしろ声は出せなかった。

鼠は蛇の妖に気付かれていないようだった。そのまま蛇の体を登り始める。鼠の背中には葉っぱを繋ぎ合わせた袋状のものが括り付けられている。

鼠はその葉っぱの袋を開き、陸寧の顔に中身をぶちまけた。ふわっと樟脳の匂いが鼻をかすめる。蛇は臭いものを嫌うのだと安麗俐が言っていたのを思い出した。

「何……？　何なのぉこれぇ！」

ビタンと蛇の尾が地面を叩く。締め付けていた陸寧の腕がブルッと揺れ、拘束が緩まった。

「今よ！」

私は鼠に言われた通り、蛇の腕を振り解く。微かな月明かりに照らされた陸寧の体は仰け反って、手足が別々の生き物のようにのたうち回っていた。

「臭ぁいっ！　イヤアァッ！」

ブン、と両腕を振るう。いや、どうやら胴体と両腕は別々の蛇のようだ。陸寧の皮膚の下で最低でも三匹の蛇がビクビクと蠢いている。怖気が走る光景に目を逸らした。

蛇の妖が腕を振り、その拍子に私を助けてくれた鼠が吹っ飛ばされる。

私は両手を伸ばし、なんとか鼠を掴まえた。

「ま、まっすぐ、よね」

そのまま、震える足を叱咤して私は駆け出した。

山道どころか獣道ですらない。斜面と木々、滑る下草をかき分けて私は走った。まっすぐ進めているかも分からない。とにかくがむしゃらに走れる方へ走り続けるしかない。枝に引っ掻かれ、木の幹に手足をぶつけながらもひた走る。手の中の温かい鼠を潰さないよう、腕で庇いながらひたすら、前へ。

　背後からはズリズリ、シュルシュルと私を追いかける音がしていた。足を止めるわけにはいかない。追い付かれたら今度こそ終わりなのだから。

　走って走って、また走って——突然、足元から地面が消えた。

「——そこは池が！」

　鼠が叫ぶけれど、私はもう池へと落下していて踏み止まれなかった。

「ひゃああっ！」

　池の上に投げ出され、ザパァッと音を立てて水面に落ちる。

　足は着かない。池はいきなり深くなっていた。

　私は鼠を持った方の手を上げる。そうすると体が沈みかけて、慌てて体勢を保った。

夏、しかも異様な酷暑のために水はさほど冷たくない。だから池にはまっても心臓が止まったりはしなかった。しかし私は泳げるわけではない。着物も着たままで水を吸って重い。アップアップと浮き沈みをした。

「へ、蛇っ……お、いつかれ、る……」

しかし蛇は池から離れたところに立ち止まってウロウロしている。

「あれ……？」

「お、お嬢さん。蛇はこの草が苦手なの。トゲトゲの実が付くから」

「……これ、菱ね」

僅かな月明かりに照らされた池をびっしりと覆う水草――菱だ。菱は確かにトゲトゲの鋭い実が出来るのだ。しかし今の季節は夏。まだ硬く鋭い実はない。

蛇はそれほど菱の実が嫌いなのか、その場から動こうとしない。陸寧の皮膚はもうぼろぼろになり、破れた隙間から蛇が顔を出している。ゾッとする光景だ。

「今のうちに……お嬢さん、泳げる？」

「ご、ごめんなさい……泳げないの」

何とか沈まずにいるので精一杯だ。

「まずいわ……実がまだないことに気付かれたら捕まえに来てしまう」

「ど、どうしよう……」

蛇は遠巻きにしているが、私から目を離そうとはしない。こうしていられるのも時間の問題だ。私はなんとか蛇から離れようともがくが、チャプチャプと波が立つだけだ。

「……お嬢さん。貴方からは茉莉花の香りがするから多分、大丈夫だと思う。でも、私のことを信じてついてきてくれますか?」

鼠は静かにそう言った。

「逃げ道があるのね。私、貴方のこと信じるわ!」

「……ありがとう」

鼠はそう言うと、私の手の上でむくむくと膨れ上がり、あっという間に猫くらいの大きさになる。

「私の尻尾を掴んで。決して離してはいけません。少しだけ我慢していて……絶対にお嬢さんのことだけは助けますから」

「わ、分かった!」

私は鼠のツルツルした尻尾を掴む。

途端に鼠は泳ぎ始め、私のことを引っ張ってくれる。

「わっ、蛇が追いかけてくる！」

しかし池を回り込むように蛇はシュルシュルと蛇行して追いかけてきた。泳いで逃げても先回りする気なのだ。

「大丈夫。水に潜りますよ。大きく息を吸って、苦しくてもしばらく我慢していて」

私は大きく息を吸い、肺に空気を溜める。口と共に目もぎゅっと閉じた。

ぐんっと引っ張られ、ドプンと池に潜った。目も開けられないし、息もずっと止めていてひどく苦しい。しかし言われた通り、鼠の尻尾だけは決して離すまいと両手に力を込めた。

どんどん沈んでいく。池の水深がどれくらいなのか分からないが、かなり深いのかもしれない。目を閉じているから水の中はどんな状況かも分からない。鼠はある程度の深さまで潜ると、今度は横に進み始める。正直、息はもう限界だった。こんなに長く息を止めたことなんてない。

苦しい、怖い。一体、どこまで――ひたすらそう考えているうちに、頭がボーッとしてくる。もう酸素が足りていない。これ以上は我慢出来ないかもしれない。だんだ

 んと鼠の尻尾を掴む手から力が抜けていく。

苦しい、苦しい、苦しい――!

目を閉じて何も見えないはずなのに、あまりの苦しさに目の前がチカチカと赤や緑に瞬(またた)いている気さえする。

もうとっくに限界は超えている。尻尾からも手を離さないというより、ただ縋(すが)り付いているだけだった。

それでも少しずつ手の力が抜け、意識が消えてしまいそうになったその瞬間、私の体は突然水の中から投げ出された。

バシャッと音がする。それは私の体が地面に落ちた音だった。水の中とは違う体の重さを感じる。

「ッは……あ……!」

私は倒れ伏(ふ)したままゲホゲホッと激しく咳き込んだ。肺に新鮮な空気が入ってくる。

間違いなく水の外だ。

呼吸が出来る。たったそれだけのことに感謝してしまう。私はぜいぜい喘(あえ)ぎながら、何度も呼吸を繰り返した。

体は痺れたように力が入らない。鼠の尻尾を掴んでいた手は無意識に離してしまっていた。

転がったままキョロキョロと辺りを見回す。不思議なことに、上空に月明かりとは違うぼんやりとした金緑色の光があり、うっすらと照らされていた。周囲はゴツゴツした岩で囲まれている。いや、どうやらここは外ではなく洞窟のようだ。光っているのは天井に付着した光苔だろう。手を伸ばしても何かにぶつかることもない。かなり広い空間がある。

ゆっくり身を起こす。まだ息は荒いし、水に濡れた着物は重い。体中のあちこちが痛むけれど、動けないほど大きな怪我はないようだ。

私は濡れて張り付いた着物をなんとか脱いで、ぎゅうっと絞ると岩の上に広げた。巌窟には細い川が流れていた。その上から滝のように水が落ちてくるのだ。きっとあの池の底から流れ込んできているのだろう。鼠はそれを知っていてここまで連れてきてくれたのだ。

「って、ね、鼠は……？」

私はハッとして鼠の姿を捜す。

鼠はゴツゴツした岩の間に転がっていた。もう元の小さい鼠になっている。

私は慌てて鼠を抱き上げた。鼠はぐったりとして目を閉じている。毛が濡れたせいなのか、体が冷え切っていた。

「しっかりして!」

鼓動はまだある。私は鼠を温められるように胸元に抱き寄せた。しばらく温めていると、鼠の髭(ひげ)がヒクヒクと動き、瞼が開いて黒い胡麻粒のような目が見えた。

「良かった。大丈夫?」

「お嬢さんが助けてくれたのね……」

鼠は起き上がってプルプルと体を震わせた。水滴が飛んでボサボサした毛並みに戻る。

「ううん、蛇から助けてもらったのはこっちの方よ。ありがとう」

「お嬢さん、怪我はない? 痛くはない?」

鼠は心配そうに髭(ひげ)を震わせてそう言った。

「うん、大丈夫。貴方は……妖(あやかし)でいいのよね? あの蛇も妖(あやかし)だと思うのだけど」

「私はこの山の精気を吸って、普通の鼠より長生きしただけの精怪(せいかい)。妖(あやかし)といっても大した力はないわ。さっきお嬢さんを襲っていたのは巴蛇。見ての通り蛇の妖よ。あいつはとても大食いで、とても恐ろしいの……。この山にいた獣はほとんど食べ尽くされてしまった。私のような食べるところが少ない鼠や小鳥くらいしかもう残っていない。獣だけじゃない。人間もたくさん巴蛇に食べられてしまっているわ」

「……じゃあやっぱり、陸寧も……」

口の中が苦くなる。皮膚の破れたその下から蛇の鱗が覗いていたのだから理解はしていた。しかしそれでも少し前まで生活を共にしていた人が殺されてしまったのだ。平気なはずがない。

「……ええ、あの女の人も食べられてしまった。巴蛇は目当ての人間に目印を付けるの。本当はお嬢さんを狙っていたみたいだけれど、目印を付けられなかったから、お嬢さんの知り合いに目印を付けたのだわ。あの巴蛇は、一度狙いを定めたら、いつまでも執拗に狙い続ける。おそらく、お嬢さんがどれだけ遠くに逃げたとしてもね」

「じゃあ……巴蛇の狙いは私ってこと……？　そんな……」

グラッと足元が崩れていく気がした。陸寧とは上手くいっていなかった。彼女は罪を犯してもいた。だとしても私のせいで死んでしまったなんて。

「落ち着いて。巴蛇はね、食べた生物の記憶も使える。そうして油断をさせるために知り合いの声で呼びかけてくるの……。だから心を強く持って。食べられてしまった人はとても可哀想だけれど、巴蛇に目を付けられたのは誰かに責任のあることではないわ」

「で、でも、私のせいで陸寧が……！」

「……しっかりなさい。貴方は生きて帰って、死んだ人たちを弔わなければならない。人って、そうするものなのでしょう？　それに、巴蛇をどうにかしない限り、この山も、そして狙われた貴方も危険なままなのよ」

それを聞いて、私は震える両手で頬をパチンと叩き、気合いを入れ直す。後悔も、陸寧への謝罪も、とにかく助かってからだ。

「……ごめんなさい。もう平気。巴蛇はどうすれば倒せるかしら。巴蛇について他に知っていることを教えて」

「元々、巴蛇はこの山にずっといたの。しかしこの山は神聖な力に満ちていたから、悪しき巴蛇は今よりずっと弱かった。なのに、神木が人間に伐られてしまったから……」

「神木って、切り株だけになっていた、あの大きな木のことよね？」

鼠は頷く。

神木は長溥儀に伐り倒され、郷長屋敷の木材として使われてしまったのだ。

「神木は山の力の源でした。いえ、山の内側の神気を吸い上げ、山の表面に撒くという感じかしら。とにかく神木が切り倒されたため、山の力は衰えて、私たちのような山の精怪も弱っていきました。一方で巴蛇は自由に動けるようになり、山に住む精怪を食らい、ますます強くなっていったわ」

「じゃあ、どうすれば……」

「何十年もかけて、再び神木に相当する木が育つのを待つか、巴蛇を倒すしかありません。しかし巴蛇は強い……。もし倒せるとしたら、お嬢さんのところにいた、剣を持った男性です。あの人はとても強いと私にも分かります」

「秋維成のことね。……確かに剣の腕は相当のはずだし、使っている剣も業物だって聞いたわ」

安麗俐すら巴蛇に手も足も出なかったのだ。それでも妖の気配が分かる秋維成なら、なんとかなるかもしれない。

「ええ。でも油断はしないよう。巴蛇は小蛇を操ることも出来るし、尻尾切りをして逃げることだってあるから。私の知っていることはこれくらいです」

「分かったわ。それじゃ、ここから出て離宮に戻らなきゃ。それで秋維成に巴蛇をやっつけてもらうの！　ねえ、ここからどうやって出たらいい？　巴蛇が追いかけてくるのなら急がなきゃ」

鼠は私の指を小さな手できゅっと握った。

「……巴蛇はここまで入ってこられません。この洞窟はもっと奥に続いています。岩を伝って奥に進みなさい。そうすると広い場所に出ます。天井から木の根が貫通しているからすぐに分かりますよ。そこが神木の真下。星見の一族の聖地です。茉莉花の香りの……そして星見の一族のお嬢さん」

「えっ、星見の一族……？　わ、私が？」

私は目を見開いた。鼠はコックリと頷く。

「間違いありません。その甘い茉莉花の香りは、あの最後の生き残りの男の子と同じ。貴方も星見の一族です」

「それって昂翔輝のことよね。じゃあ……私、あの子と血が繋がっている……？」

思い当たる節はあった。似ていると思ったのだ。あのガリガリに痩せた面差しは、朱家にいた頃の私に良く似ていた。ただ境遇が似ているせいかと思っていたが、それだけではなかったのか。

「じゃあ、じゃあ、この山は……お母さんの生まれた場所……？」

顔も知らぬ母。父が母の名前を出したことすらない。では、祖父はどうだっただろう。祖父は何か母に関して言っていなかったか。懸命に考えると不意に昔の記憶がかすめた。祖父が病の床で魘されながら誰かに謝っていたことがあった。途切れ途切れで、メイジュと聞こえたが、結局誰のことか分からなかったその名前。

――もしかしたら、それが私の母の名前なのかもしれない。

「星見のお嬢さん。……貴方ならこの場所でも大丈夫。神木の根元の近くに、星見の一族が使っていた出入り口があるはずです。貴方はそこから外に出なさい。くれぐれも巴蛇に気をつけて。日の光が出ている間なら巴蛇も動きが鈍くなる。きっと逃げられるわ……」

「何言っているの。一緒に逃げましょう！　貴方には子供がいるんでしょう。きっと貴方の帰りを待っているわ」

しかし鼠は目を潤ませて、ゆっくりと首を横に振った。

「ど、どうしてよ！」

「神木の真下、この洞窟は星見の一族の聖地です。とても清らかで、山の神気に満ちた場所。……とても強すぎる。ここに入れるのは、星見の一族だけ。山の精怪でも無事ではすまないのです。それ以上に力を持つ神怪ならいざ知らず……私では神木の根に近付くことも出来ない」

「そんな……じゃ、じゃあ、別の出口を……」

「池から来ることは出来ても、その逆は無理よ。それに……私の命はまもなく尽きる。泳ぐ力も残っていません。神木が伐り倒されて、聖地としての力が少しだけ弱まっていたからすぐに死ななかっただけ。ここに足を踏み入れた私はもう死ぬ運命なのだから」

「わ、私を……助けるために……？」

涙が滲み、ポロッと一粒、頬を転がった。

「お嬢さん……私は貴方の一族を誰一人助けることが出来なかった。昂翔輝という子供の母が巴蛇に追われていた時も、私は見殺しにするしかなかったのです。星見の一族は我々妖に好かれやすい。好きというのは、時に食欲と隣り合わせでもある。人を喰らう妖からすれば、星見の一族は美味しそうに感じたでしょう。巴蛇に狙われたように、妖の多い山で暮らすのは危険だったはずです」

鼠は髭を震わせた。

確かに私は妖に好かれやすいのかもしれない。こうして鼠が助けてくれたように、今までもたくさんの妖が私に手を貸してくれていた。

「なのに星見の一族はずっとこの山を祀り、我々のことも大切にしていてくれました。その恩を返さなくては。だから、どうか気にしないで。貴方はもう一人の星見の子供を助けてあげなさい。そして、どうか山を救って……」

鼠の声はだんだん弱々しくなり、小さくなっていく。

「駄目！　貴方が死んだら貴方の子供はどうなっちゃうの！　しっかりして！」

「……私の子……可哀想な子供。あの子は母親と兄弟を全て巴蛇に食い殺された。乳飲み子が母を亡くしては生きていけない。だから、私が乳をやって育てました」

鼠は胡麻粒のような黒い瞳に涙を浮かべ、ハラハラと涙を零した。

「お嬢さん、お願いが一つだけあります。私の子を助けてもらえませんか。ようやく歯が生えて乳以外のものを食べられるようになったばかり……お嬢さんからもらった食べ物をあの子の近くに置いてきました。あと数日は飢えることもないでしょうが、まだ一人で生きてはいけない……どうか……どうか……あの子を……」

「分かった……ここから脱出したら、必ず迎えに行く。その子はどこにいるの？」

鼠は弱々しく微かな声でその場所を告げた。

私は鼠の小さな手を指でそっと摘む。

「大丈夫。巴蛇もなんとかする。貴方の子供も助けるよ」

「……ありがとう……お嬢さん」

「ううん、こちらこそ、助けてくれてありがとう。貴方は私の命の恩人よ」

鼠は優しく目を細め、それからふっと体の力が抜けた。もう呼吸も鼓動も止まっていた。私の手の中に収まる小さな体から命は失われてしまったのだ。

堪えきれなかった涙がポロポロと零れて鼠の体に降り注ぐ。

しばらく泣いて、私は目元を腕で擦った。せっかく鼠に命を救われたのだ。まずは早くこの洞窟から脱出しなければ。

私は洞窟内の、土が僅かだけある場所に鼠を埋葬した。それから岩に広げていた着物を羽織る。まだ湿気っていたが、さっきより少しは乾いている。

「よし、行こう」

鼠が言っていた通り、神木の根元を目指すのだ。

私は顔を上げて歩き出した。

第七章

洞窟は暗く、金緑色(きんりょくしょく)の光苔(ひかりごけ)だけが道標だった。

岩肌に手を当て、沿いながら少しずつ進む。

さっきから体のあちこちが痛む。薄暗くて見えないが、きっと細かい傷がたくさん出来ているのだろう。

足がへたりそうになるのを叱咤(しった)して前へ進んだ。どれだけ歩いただろう。この洞窟は思っていたよりずっと広いようだった。

そしてすっかり歩き疲れた頃、ぽっかりと広がった場所に出た。

「綺麗……」

それは壮大という言葉が相応(ふさわ)しいのかもしれない。半球状の天井から太い根が何本も洞窟内に垂(た)れ下がり、その光景を光苔(ひかりごけ)がぼんやりと照らしているのだ。天井の光苔(ひかりごけ)はまるで星空のように輝いていた。

「天体図みたい。あ、そうか、星見(ほしみ)の一族の聖地って言っていたものね」

この光景を見て、星見(ほしみ)の一族も天体図を思い描いたのかもしれない。

確かにここは山の神気に満ち溢(あふ)れた清らかな場所なのだろう。しかも、こんな光景を見せられては、ここを聖地と定めた星見(ほしみ)の一族の気持ちが分かるというものだ。

「ええと……出入り口、どこだろう」

キョロキョロと辺りを見回す。すると半球状になった場所から少し離れたところに人の手が入っていそうな場所を見つけた。地面が綺麗に整えられている。そのすぐ壁際に縄梯子(なわばしご)が見えた。

「よ、良かったぁ……」

見上げると、大体私の身長の倍くらいの高さだろうか。縄梯子(なわばしご)で登った先に蓋(ふた)がしてあるようだ。しかし出入り口なのだから開くはずだ。

「ここから出るって巴蛇に気が付かれてないといいんだけど。それから離宮に戻らなきゃ。どれくらいかかるだろう……日が昇ってからの方が良いって言っていたわよね」

馬車で神木の切り株付近から離宮まで行くのに数時間かかったのだ。歩けばかなりの距離だろう。

そう思いながら私は縄梯子を登る。これからどうするかで気もそぞろになっていて、縄が立てるミシミシという嫌な音に私は気付いていなかった。

ミシミシからギチギチ、ブチッという音に変わり始め、私はようやく焦り始めた。縄梯子のどの辺りが音を立てているのか、光苔のぼんやりした光だけでは分からない。

「い、急いで上まで登っちゃえば！」

私は慌てて縄梯子の上の段に手を伸ばす。しかし、私の手はあえなく空を切った。

「きゃあっ！」

ガクンと激しく揺さぶられて、縄梯子の縄の一本が切れてしまったのだと悟った。

とにかく掴まれるところを掴まなくては。そうやって無理な姿勢で縄梯子に力を加えたせいなのかもしれない。ブチブチ、ブツン、と無情な音がして、私の体は空中に投げ出されていた。

「うああッ！」

受け身すら取れず、私は地面に思い切り叩きつけられた。

あまりの痛みに声すら出ない。私の身長の倍くらいの高さから落ちたのだ。無傷とはいかない。私は地面に転がったまま呻いた。

幸いなことに足から着地したので頭は打っていない。しかし足の痛みは尋常ではない。骨が折れているかもしれない。

「くううぅ……ッ！　あ、あし……が！」

特に右足首が触るだけで悲鳴を上げたくなるほどの痛みだった。痛すぎて動かせない。汗がどっと出て目の前がクラクラする。

私はしばらく倒れたまま、痛みが引くのを待っていた。体を打ち付けた痛みは完全には消えないが、なんとか耐えられるくらいの痛みである。しかし問題は明らかに怪我をしているらしい右足だった。少し休んでも痛みは引かず、動かそうとすれば声が出てしまうほど痛い。

「どうしよう……」

地面に切れた縄梯子が落ちていた。手で探ればガサガサとした感触で、表面からバラバラと藁のカスが落ちる。長い間放置されて劣化していたのだ。

考えてみれば星見の一族のほとんどが流行病で倒れ、何年も前からこの聖地に立ち入る者はいなかったはずだ。そんな古い縄梯子を深く考えずに使ってしまい、こうして怪我をしてしまった。

涙がじわっと浮かぶが、落ちたのは自分の確認不足による自業自得だ。そう思っても涙は引っ込んでくれない。

「どうにかして登らないと……」

私は改めて上を見る。どうにか壁をよじ登れないだろうか。諦めたくない私は、ズキズキと痛む右足を引きずり、岩肌に手を当てる。しかし、手足に力を込めるだけで右足が疼(うず)くように痛み、とても登れるとは思えない。

「やっぱり……無理なの？」

思わずそんな弱音が出る。

この場所を知っている人はいない。まさか巴蛇に襲われ、連れ去られた私がこんな場所に来ているだなんて、誰が想像出来るだろう。

このまま登れなければ巴蛇に襲われるより前にここで餓死だ。

そうなれば安麗俐の安否も分からない。巴蛇はこの山でのさばったまま、私の親戚である可能性が高い昂翔輝や、私を救ってくれた鼠の子供のことも助けられない。

そして何よりも、もう二度と雨了に会えない。それが何よりも辛かった。

私の手がブルブルと震え出す。

雨了に会えないまま死ぬのが怖くて怖くてたまらない。私の命はとっくに私一人のものではない。それを思い知ってしまった。

「――ううん、諦めない！」

私は両の拳を強く握りしめる。そうすれば手の震えは止まった。

薫春殿が襲われ、雨了が鴆毒(ちんどく)で倒れた時だって諦めなかった。生きようと足掻(あが)いたではないか。今回も諦めずなんとかする。そして、何としてでもまた雨了に会うのだ。

「そうだ！」

私は案を思い付いた。だって私には人と違う、出来ることがあるではないか。

「――魂を飛ばして雨了に助けを求める。ここの場所は分かる。あの切り株のそばだもの。付近を捜してもらえば出入り口も見つかるはず」

怖いのは秋維成だ。雨了のそばにいるはずだし、気配だけを感じとって剣を振るうだろう。なるべく見つからないように行かねば。

「それじゃあ、魂を飛ばそう――って、どうやって？」

はたと気がつき首を傾(かし)げた。

私はいつも魂を飛ばす時は眠って無意識に行っていた。強いて言うなら寝る前に雨了に会いたいと強く願うくらいだ。

しかしこの状況で易々と寝られるものだろうか。体はあちこちが痛いし、右足の痛みといったら飛び上がりそうなほどだ。

ただ、いつもならとっくに寝ている時間に巴蛇が来たために一睡もしていないし、走ったり泳いだりして体は疲れきっている。疲労困憊で倒れてしまいそうなくらいなのだから、今は抗わずに目を閉じてみようか。

私はあまりゴツゴツしていない比較的なだらかな場所まで這いずり、そこで横たわってみる。精神が興奮しているのか眠気は感じない。けれど体は確かに休息を求めているはずなのだ。何度もゆっくり呼吸をして、なるべく心を落ち着かせようと努める。

——雨了に助けを求める。雨了……雨了に……助けを……助けて……

ふっと体が軽くなった気がした。

私はゆっくりと浮き上がっている。

ふわふわと浮いて、空中にいる。目を開くと木々や朝露に濡れた草が見えた。

魂を飛ばすのに成功したようだ。

私はホッと息を吐く。

場所は木と草ばかりで把握出来ないが、空が白み始め、薄明るいことから、そろそろ日の出の時刻なのは間違いない。巴蛇は日の光に弱く動きが鈍ると鼠が言っていた。ひとまずは安心だ。今のうちに離宮へ続く道を探さないと。

そう思った時、どこからか笛の音が聞こえた。

『これ、昂翔輝の……』

私の体は笛の音に導かれるように、ふわふわとそちらに引っ張られていった。

『ちょ、ちょっと、そっちじゃなーい！』

離宮の方に行きたいのだが、体の自由が利かない。私はそのまますぐ近くにある神木の切り株のところまで引っ張られた。

大きな切り株に腰掛けた昂翔輝は、目を閉じて笛を吹いていた。

彼のそばには真っ白でモフモフの犬が伏せをしている。私以外には見えなかったあの妖の犬だ。こんな時でなければ撫でくりまわしたいほど可愛らしい。その犬が不意に私の方を見た。くりくりとした瞳は真っ黒い。にぱっと嬉しそうに口を開け、まるで笑っているような顔になった。尻尾をブンブンと振り回し、口から出た桃色の舌も相まって、なんだかとても懐っこい感じだ。

「ワフッ！」

白い犬の妖がこちらを見て吠える。

そして昂翔輝の袖を咥えて引っ張った。笛の音が止まる。

「うん？　どうしたんだ？」

昂翔輝は笛を下ろしてこっちを見る。やはりその面差しは私にどことなく似ている。

その気の強そうな目が大きく見開かれた。

「か、母さんっ？　……いや、違う。ちょっと似ているけど……アンタ、誰だ」

昂翔輝は当たり前のように私の方を向いている。やはり彼には私が見えるのだ。私が妖や幽霊を見えるように。

『わ、私が見えるの？』

そう聞こうとしたが、この姿では声が出なかった。

昂翔輝はがっくりと肩を落とした。

「なんだよ……母さんの幽霊が来ればいいって思って笛吹いていたのにさ。全然知らない人じゃないか。それとも、巴蛇に食われちゃった人なのかなぁ……」

そう言いながら眉を寄せている。

私はまだ巴蛇に食われていないが、自分の意思で離宮方面に行けない以上、今は昂翔輝に助けてもらうしかない。

『お願い、助けて！　私、この下に閉じ込められているの！』

私はどうにか唇の動きから読み取ってもらえないかと、必死に口を動かした。更に切り株の下を指差し、扉を開ける仕草をしてみる。

しかし昂翔輝はくりっと首を捻(ひね)った。

「全然分からん！　なあ、テンコウ。おまえ、分かるか？」

白い犬にテンコウと呼びかけ、話しかけると犬はワフッと鳴いた。尻尾は未だにブンブン振っているが、私の言うことを理解しているのかどうかはさっぱりだ。

「下？　んー、俺に言いたいことがありそうなんだけどな」

昂翔輝は、幼くして母を亡くしているから、この切り株の下が星見(ほしみ)の一族の聖地になっているとは知らないのかもしれない。

『お願い！　怪我をしているし、私じゃ上がれそうにない……』

昴翔輝に必死で訴える。すると白い犬はトコトコと私の方に近寄ってきた。尻尾は振ったままだし敵意はなさそうだ。何をするのかと思ったら、白い犬は私の右足首をペロッと舐めたのだ。そしてクゥーンと鼻を鳴らす。

「テンコウ、その人のことが気になるのか?」

昴翔輝の言葉が分かるようにワンッと鳴いた。

「……姉ちゃん、高そうな着物だし、山の上の御殿の人か?」

昴翔輝の言葉に私はウンウンと頷いた。

「あ、こないだすげえ馬車に乗っていた、偉いお客様だ!」

『そう! 良かった。その山の上の離宮に伝えて! 私はこの下にいるの!』

やっと昴翔輝に伝えることが出来た安堵感で息を吐いた。

その時だった。

「おいっ! てめえ、またこんなところで怠けてやがったな」

そんな声が響いた。

のしのしとやってくる大柄な男。おそらく郷長屋敷の使用人だろう。

その声に昴翔輝の顔が凍りつく。

「仕事の時間だ！　さっさと来い！」

男は昂翔輝の手首を掴み、乱暴に引っ張った。

「ま、まだ……そんな時間じゃ……」

「うるせえっ！　今日は長溥儀様がご立腹なんだよ。ほら、早く仕事に取り掛かれ。鞭で打たれても知らねえぞ！」

「う……うん」

昂翔輝は私を心配そうな顔で振り返る。

『待って！　離宮に行って助けを……！』

「ん、何見てやがるんだ？　てめえにしか見えない例の犬とやらがそこにいるってのかよ？」

男は呆れたように笑い、昂翔輝の背中を叩く。ちょっと揶揄(からか)うだけにしてはやけに痛そうな音が響き、昂翔輝はよろける。軽く小突いているなんて程度ではない。大の大人が八歳の子供を叩いているのだ。

『ひどい……！』

そんなのはただの暴力だ。私は自分の状況を一瞬忘れかけ、カッと頭に血が上る。

「……別に何もいやしないよ」

昂翔輝は子供らしい表情を削ぎ落として淡々と言う。もうこちらを見ようともしなかった。その顔は、やっぱり義母に耐えていた頃の私に似ていた。

「ふん、気味の悪い餓鬼だ。さっさと行けよ」

「分かってる」

白い妖の犬が悲しげにクゥンと鼻を鳴らす。

男は昂翔輝を連れて行ってしまった。それを追いかけるように犬も去っていった。

私一人で取り残されてしまった。

昂翔輝のことは心配だが、今はこの下の洞窟に閉じ込められている自分のことをどうにかしなければならない。

(どうしよう……せっかく伝えられたのに。ううん、今から離宮に向かって……)

ふと、切り株の上に昂翔輝が置き忘れていった笛が目に入った。竹製のなかなか年季の入った笛だ。素朴で、もしかすると手作りなのかもしれない。何か文字が刻まれている。かすれているが聖樹と読める。安麗俐が言っていた昂翔輝の母の名前のはずだ。ではこの笛は昂翔輝の母の形見なのだ。

そう思った時、突然、ふわふわ飛んでいた私を下に引っ張る感覚があった。

だんだんと引っ張る力が強まる。下ではない。笛が私を引き込もうとしているのだ。

『え、何これ？』

抗(あらが)ってもさっきまでのように軽やかに空が飛べない。どんどん落ちて行ってしまう。

『私、雨了に伝えないといけないのに――』

しかし私の望みは叶わず、笛の中に吸い込まれていった。


――ころんとどこかに転がり出た。

私はもうぷかぷか浮いていない。地面の上に立っている。

この誰かの夢に入ってしまったような感覚は以前にも覚えがある。体力、いや霊力とでも言うべきか、それがひどく消耗するのだ。今も体が重いような疲労感があった。

そして体はまたも勝手に動く。着物は古びているが農村の女の子が着るようなものだ。手足も細く、幼い少女であるのは間違いない。

ザアッと風が吹き、葉っぱが舞う。濃い緑の匂いがする。傍(かたわ)らに大きな木があった。

体が子供だから視点が低いのだが、子供の目から見たからというだけでなく、その木は視界に入りきらないほど大きかった。

幹は数人がかりじゃなきゃ囲めないくらい太い。広げた枝はまるで天を覆うかのようだ。そんなにも大きな木なのに、葉の緑はイキイキと鮮やかで葉の擦れ合う音まで心地が良い。木漏れ日がチラチラと輝いて、美しい光景だった。

――この木ってもしかして、星見の一族の神木……？

ではこれは、きっと何年も、何十年も前の過去のことなのだ。

神木が切られる前はこんなにも立派な木だったのか。

そばにいるだけで浄化されるような不思議な心地好さを持った木。足元は落ちた葉が自然に堆肥となっているのかフカフカして、歩くたびに足を柔らかく受け止めてくれる。

木の枝にはたくさんの鳥が止まって囀っていた。よくよく見ると栗鼠や野鼠、野兎までもが木の周囲でのんびりと木の実や草を食べている。争いも諍いもなく、小動物の集う安全な場所。今の寂しい切り株と全然違う。

「――聖樹」

私が入り込んだ少女の背中に声がかけられる。つまりこの体は昴翔輝の母であり、そして安麗俐の幼馴染である昂聖樹のものなのだ。

少女が振り向くと、今の私くらいの年頃と思しき女性がいた。

真っ直ぐな黒髪で、くりっとした目をしている。大きな特徴があるわけでもない、ごく普通の平凡そうな女性だ。

「姉ちゃん！」

昂聖樹は彼女をそう呼んだ。昂聖樹の姉のようだ。

――あれ、なんだかとても懐かしい気がする？

知らない女性のはずだ。しかも昂聖樹の年齢から計算して二十年以上は前、私が生まれていない頃のこと。なのにどこかで見たような、不思議な懐かしさが込み上げる。

昂翔輝の笛の音を初めて聴いた時と同じ、胸を締め付けるような感覚。

「姉ちゃん……街に行っちゃうって、本当？」

「うん……」

「嫌だよ！　行かないで！」

昂聖樹は姉にぎゅっと抱き付く。しかし姉はごめんね、と謝るだけだった。

「聖樹にこれをあげる。私だと思って大事にしてね」

女性は箱を渡す。昂聖樹が箱を開けると、笛が二本入っていた。

「私の分もたくさん練習して、貴方がテンコウ様をお空に返すのよ」

「いーやー！　姉ちゃんも一緒に笛を吹こうよ！」

「……駄目なの。うちの里にはもうお金がないの。だから私も街で働かないといけないのよ。それに、聖樹なら大丈夫。一人でもきっと立派にお役目を果たせるわ。ねえ、テンコウ様。そうでしょう？　それまでどうか聖樹を守護してくださいませ……」

女性がそう言うと、神木の上の枝の隙間から、ひょっこりとあの真っ白な妖の犬が顔を出した。軽々と幹を伝って降りてくる。昂聖樹の前におすわりをして尻尾をブンブンと振った。

「ほら、聖樹。テンコウ様もお空に帰りたいのよ。天への梯子を作らなきゃ。笛を吹いてごらん」

「……うん」

昂聖樹の視界は涙で滲み、笛もはっきりとは見えない。しかし泣かずに堪えて笛の一本を手に取り、吹き始めた。その曲は昂翔輝も吹いていたあの子守唄だ。

――やっぱり懐かしい曲。どこかで聞いたはずなのに思い出せない。

昂聖樹はまだ幼いのに巧みに笛を吹いた。

するとご神木から陽炎のようにじわっと白い靄が漏れ出し始めたのだ。真っ直ぐに天まで伸びる線。

巨大な神木の更に上に白い靄が集まり、形を作り始める。真っ直ぐに天まで伸びる線。

しかしそれがはっきりとした形になる前に昂聖樹は吹くのをやめ、靄は霧散した。

「とても上手よ、聖樹。それを月のない晩にやるだけ。貴方なら絶対出来るわ。きっと街からも天まで伸びる梯子が見えるから……貴方が梯子をかける日を楽しみにしてる」

女性は昂聖樹をぎゅっと抱きしめた。とうとう堪え切れず、昂聖樹の目からポロポロと涙が零れ落ちた。

涙が零れたために視界がハッキリし、女性からもらった二本の笛が鮮明に見えた。

――その内の一本には『明樹』と書かれていた。さっき昂翔輝が持っていた笛と同じだが、書かれている名前だけが違う。

（明樹……？　もしかして……メイジュって）

祖父が病床で知らない人の名前を呼んでいた。もしかしたら私の生母かもしれない人の名前。

「ほらほら、そんなに泣かないの……」

手巾を出して昴聖樹の涙を拭う。彼女は優しく妹の頭を撫でる。その感触の優しいことといったら。

(私、知っている。この手――母さんだ)

もっとはっきり顔が見たい。母さんの、顔。

しかし程なくして世界から急に色が褪せ、どんどん遠ざかっていく。もう目が覚めてしまうのだ。――待って、あと少しだけ。母さんの姿をこの目に焼き付けたい。

「待って……!」

ハッと目が覚める。私は一人きり、暗い地面に倒れていた。夢は終わってしまったのだ。

涙がじわっと浮かぶ。

居場所は変わらない。寝る前と同じ、洞窟の中だ。もう一度寝てみようかと思ったが、まったく眠気は訪れない。地面がゴツゴツしていて横になっても体が痛いだけだ。

私は無意識に膝を抱える。

「――あれ？」

そして気が付いた。怪我をしていた右足首が痛くないのだ。

どう考えても骨が折れたか、少なくともヒビが入っていそうな痛みだったのに、体から痛みは消えていた。おそるおそる右足首に触れてみたが腫れてもない。足首を回しても痛みなく動く。

「治ってる……？」

信じられないが、あの痛みが夢とも思えない。

心当たりを考えると、昂翔輝に助けを求めた時、あの妖の白い犬が私の右足首を舐めたのを思い出した。

「まさか、怪我した場所を舐められただけで治ったっていうの？」

にわかには信じがたい。しかし、そうとしか思えないのだ。立ち上がってみたが、両足共に問題ない。

私はその場でピョンピョン跳ねた。痛くない。それからぎゅっと両手を握りしめる。

「……これならまだ足掻ける。私は絶対諦めない！」

そうだ、私はここから出なきゃならないのだ。母の顔を見たいだなんて、メソメソ泣いている場合じゃない。

私はここから出て、昂翔輝や鼠の子供を助けなければならないのだ。彼らは私と違い、まだ幼い。助けてくれる大人の手が必要だ。

それに長溥儀の中身は巴蛇のはずだ。巴蛇をのさばらせていたら、この山の付近に住む人も妖も全てが危険だ。それにさっき昂翔輝を迎えに来た男が、長溥儀が苛立っていると言っていた。おそらく、私がまんまと逃げおおせたから食べ損ねたと怒っているのだ。その怒りが他の人に向かう前に巴蛇を倒さなければならない。つまり、少しでも早く脱出しなければ。

私は涙が浮かぶ目元をゴシゴシ擦った。洞窟の上部にある出入り口まで行くのは難しい。でも、今は足の痛みもなく、少し休んだから元気だってある。むしろ体力を失う前が勝負だ。

「よし、登ろう！」

私は気合いを入れ直して唇を引き結び、岩肌に手をかける。木登りなら子供の頃にしたことがある。木とは少し勝手が違うが、岩肌にはでこぼこが多く、手や足の先を引っ掛けられる場所だってたくさんある。

目算したところ、上までは私の背丈の倍と少しくらいだ。

登り方さえコツをつかめば上まで行けるだろう。何度か試したところ、手で体を引き上げるのではなく、足の踏み込みで体を持ち上げ、手はあくまで支えとして使う方が楽だと学んだ。それから、どこに手や足をかけるのか、最初に行程を考えておいた方が登りやすい。失敗してもさっきのように無防備に落ちるのではなく、自分から飛び降りれば、よっぽど運が悪くなければ足を痛めずに済む。

「よいしょ……っと」

何度か試して登りやすい道を見つけ、そこから登っていく。

「あと、少しっ……！」

手を伸ばして、岩肌のへこみを掴み、体重を支える。左足で出っ張った岩を踏み、体を持ち上げる。もう少しで出入り口の木の板に手が届きそうだ。

そんな時、上からばらばらと土が降ってきて、私はぎゅっと目を閉じた。

「うえっ……！」

口にも土が入りペッペッと吐き出す。

「なんなのよ、もう！」

そう悪態を吐いて目を開けると、光が差し込んで闇に慣れた網膜を焼いた。

「わっ！」

ずっと暗闇にいたのだ。光に慣れず、目がチカチカしてしまった。私は安全のために、せっかく登った岩から降りた。

「た、助けが来たの……？」

そう見上げるが、目が役に立たず、上が明るいことしか分からない。

「――その声……そこにいるのは莉珠か？」

そんな声がして、私は全身の力が抜け、その場に座り込んだ。

聞き間違いようがない。大切な人の声。

「う、雨了！」

助けに来てくれたのだ。涙がじわっと浮かぶ。

「む……下は真っ暗だな。今降りる」

「わっ、ま、待って！」

私は鼠の言葉を思い出して慌てた。ここはただの洞窟ではない。鼠のような精怪(せいかい)はただちに死んでしまうほど強い山の神気に満ちた場所で、星見(ほしみ)の一族しか入れない聖地なのだ。

しかし私の制止も間に合わず、雨了は身軽に洞窟へと降りてきた。トン、と軽い音を立てて着地した。

その姿に心臓がゾッと冷える。

「う、雨了……駄目、ここは危ないから！」

「……ここは、なんと濃い龍の力に満ち溢れているのだ」

私と雨了は同時にそう言った。

雨了の青い瞳が輝いているのが暗い中でもはっきりと見える。なんだかとても元気そうだ。

「あれ……？　雨了、なんともないの？」

私は首を傾げる。

「なんともないどころか……ここはすごいな。龍脈に直結しているのだろうか。ここに入っただけで毒の後遺症も疲労感も全て吹き飛んだ気がする！　莉珠こそ無事なのか？」

「え、うん。怪我はないけど……」

そこまで言ったところで私は雨了にぎゅっと抱き締められていた。

「……無事で良かった。そなたが妖に攫われたと聞いて……生きた心地がしなかった。夜通し捜していたのだ。そなたに何かあったら……俺は生きては行けぬ」

「雨了……私も雨了にまた会えて嬉しい」

ぎゅっと抱き返す。しかしふと思い出して慌てた。

「あっ！　ねえ、安麗俐は無事なの⁉」

私が巴蛇に攫われる時、壁に叩きつけられていたのだ。心配で雨了の服をぎゅっと掴んだ。

雨了は私を安心させるように頭をポンと軽く叩く。

「ああ、安麗俐はひどい傷を負いながらも、真っ先に知らせに来てくれたのだ。秋維成でなければ、かの妖には敵うまいとな。今は治療を受けているが、死ぬような怪我ではない」

その言葉に私はホッとして息を吐いた。

「……良かった。でも何でここが分かったの？」

「俺にはなんとなく莉珠のいる方向が分かる。しかしこんな地下の洞窟にいるとは思わなかったが。昂翔輝がそなたのことを知らせに離宮に向かってくれたのだ。下を指差していたと教えてもらい、地面を捜索させたところ、不思議と誰も開けられぬ木の蓋（ふた）を見つけてな」

「誰も開けられない……？」

「ああ、兵士では蓋（ふた）に触れるどころか近寄れぬ。凛勢が結界のようなものではと言うのだが、俺には障害にすらならなかったから、凛勢が止めるのを振り切って降りてきたのだ」

雨了だけは通過できる。そして雨了曰（いわ）く、この洞窟は龍の力に満ちているのだと言う。

「もしかして……雨了は龍の血を引いているから、ここに入れるってこと？」

鼠が、神怪であればこの聖地にも耐えられると言っていた。獣の妖（あやかし）である精怪（せいかい）より神怪の方が上位の存在だし、そこに龍が含まれるのだとすれば、この聖地の強い力も雨了には効かないどころか、薬のようなものかもしれない。

「ここは多分、私や雨了じゃないと入れないか、入ったら大変なことになっちゃうと思う。ただ、脱出するにも縄梯子（なわばしご）が切れちゃって……」

「そうなのか。今縄を用意させているが、間違っても落ちたりせぬよう、離れたところから投げ込んでもらうか」

雨了はそれを聞くと、朝議(ちょうぎ)で鍛えた声量で外にそう指示をした。ビリビリするような雨了の大声に私は耳を塞ぐ。私もこれくらい声が出るなら、助けを呼ぶのにしてももっと楽だったかもしれない。

しばらくして縄梯子(なわばしご)が投げ込まれた。

「莉珠、おいで」

雨了は私を抱き寄せ、顔を撫でる。

「顔に土が付いている」

「あ、ありがと」

顔に付いていた土を払ってくれたのだ。

「さあこれで良い。莉珠、俺の背に掴まれ」

「え？　大丈夫だよ。自分で上がれる」

「いいや。なんだか心配なのだ。莉珠が縄梯子(なわばしご)から落ちはしないかと胸騒ぎがする」

「……う、分かった」

実は既に一度落ちている。それが知られたら、雨了は絶対に私を放さないだろう。

それに、急に入ってきた光で目がまだチカチカしている。

私は屈んだ雨了の背中に負ぶさった。

「もう重くなったでしょ」

「俺としてはもっと重くても構わない。今の倍くらいがちょうどいいかもしれぬな」

「それはさすがにどうかと思う！」

そんなことを言いながら、雨了はゆっくり縄梯子を登る。

真っ暗な洞窟から外へ。あまりの眩しさに目をぎゅっと閉じた。

何も見えないが、濃い緑の香りと、髪を乱す強い風。それは紛れもなく外のものだ。

やっと外に出られた。安堵と共に涙がじわっと浮かび、私はそれを誤魔化すように雨了に強くしがみついた。

「本当によく頑張ったな……目が光に馴染むまで、しばらくそのままでいろ」

「……うん」

雨了の声があまりにも優しくて、私は涙が零れてしまわないよう、しばらく雨了の背中にしがみついたままでいた。

しばらくして私が落ち着いてから、雨了と外で待っていた凛勢にこれまでのことを説明した。

離宮で巴蛇という妖に襲われたこと、連れ去られる途中で鼠が助けてくれたこと。

しかしその鼠は聖地の力に耐えられずに死んでしまったことや、その子供を託されたことを。

「承知いたしました。兵士には長溥儀の身柄を押さえるため屋敷の捜索をさせる予定でしたが、人員を割いてその鼠の子の保護に行かせましょう」

「うん、ありがとう。それから巴蛇は樟脳みたいな匂いの強いものに怯むわ。あるなら兵士にも持たせて」

「はい。用意させましょう。朱妃にはあちらに天幕を張りましたので、そちらで少し休んでください」

「そんな、私だけ休むだなんて！」

「いいえ、顔色が真っ青ですよ。今は気力でなんとか立っているだけです。少しは休んでくださらないと、巴蛇討伐にお連れ出来ません」

凛勢の言葉に私は目を見開いた。

「えっ、私も連れて行ってくれるの⁉」

当たり前のように置いていかれると思っていたから驚きを隠せない。

「もちろんです。その巴蛇は朱妃を狙いに来ているのでしょう。一度離宮で襲われた以上、あそこは既に安全な場所ではありません。現状、一番安全なのが陛下のおそばです。秋維成がおりますし、それに陛下も朱妃をお離しにはなりませんよ」

さあ、と天幕を示され、私は大人しく凛勢に従った。

天幕に入ると、そこには頭に包帯を巻いた安麗俐が座っていた。その横には昂翔輝もいる。

「安麗俐！　良かった……無事で……！」

「朱妃！　申し訳ございま……ぐッ」

安麗俐は立ち上がろうとして胸に手を当て、顔を顰めている。そんな彼女を横から昂翔輝が支えた。

「いいから、座っていて……怪我の様子は？」

私がそう言うと安麗俐は項垂れる。

「大したことはございません。それより、朱妃を危険に晒してしまい……」

そう言う安麗俐に、昂翔輝はプルプルと首を横に振っている。

「大したことないとは思えないわね。じゃあ昂翔輝に聞きましょう。ねえ、安麗俐の具合はどう？」

「あ、あの……頭を切って、少し縫ったのと、あと肋骨が何本か折れているって」

確かに命に関わる怪我ではないが、かなりひどい。そんな怪我を押して秋維成を呼びに走ってくれたのだ。

「そう……安麗俐、私を守ろうとしてくれてありがとう。でも怪我が良くなるまで、あまり無理をしないで。昂翔輝も、離宮に助けを求めに行ってくれてありがとう。おかげで助かったわ」

「えっと……、朱妃様、生きていらして、ほんとに、良かったです」

不慣れな敬語を使い、辿々しくそう言う昂翔輝に私は微笑む。

「莉珠でいいわよ。昂翔輝は私の命の恩人だし」

それから私も侍医の診察を受けたが、やはりどこにも怪我はなく、ひどい痛みだった右足首もなんともない。

「ねえ、あの妖の白い犬は？」

「テンコウ？　あいつは巴蛇を捜しに行った。いえ、行きました」

「テンコウってどんな字を書くの？」

「俺、字が書けない……です。でも死んだ母ちゃんは、天の狗って書くって」

天狗とはまさにそのままだ。

「テンコウのこと見える人、俺と母ちゃん以外初めてだ。だからなのかな。莉珠様、少しだけ母ちゃんに似ている……気がします」

「昂翔輝、朱妃にそのような馴れ馴れしい口を……」

「いいのよ、安麗俐。私たちね、もしかしたら親戚かもしれないんだから」

昂翔輝と安麗俐は揃って目と口をポカンと開け、私はそれを見てクスクスと笑った。

天幕の中で少し休むと、実はとても疲れていたのだと気付かされた。飲まず食わずだったのだから当然だ。疲れが完全に取れるほどではないが、休憩をしたら再び動ける程度にはなった。

凛勢が現状説明にやってきたが、天幕の隙間から見える外はまだ明るい。巴蛇は太陽が出ている間は動きが鈍ると鼠から聞いていた。凛勢にもそう説明してある。日が沈むまでのあと数時間で片を付けるつもりなのだろう。

「朱妃、兵士たちが郷長屋敷に踏み込みました。屋敷内を捜索させています。それから、屋敷の使用人たちは一旦その身柄を保護しています」

それを聞いて昂翔輝の顔が曇る。

「うん。……それで長溥儀は？」

「まだ見つかっていません。しかし使用人によれば屋敷内にいるはずだと……」

「……もしかしたら天井裏とか、普通の人間には入れない隙間にいるかもしれないわ。兵士にはくれぐれも気を付けるようにと伝えて」

「はっ」

凛勢が天幕から出ようとしたその時、ワオーンと犬の吠える声が聞こえた。昂翔輝に目を向けると彼は頷く。天狗の鳴き声だ。

「何か見つけたのかも」

私も凛勢の後を追って外へ出る。

そして目を見開いた。空が奇妙な色をしていた。

「――空が暗い」

空を見上げる凛勢の眉間に深い皺が刻まれる。

「これは一体どういうことだ……？」

今は真っ昼間のはずだ。だというのに外は妙に薄暗いのだ。雨雲が覆ったというよりも、黒い霧を流したかのような――そこまで考え、私はハッとする。

「……これ、もしかして……淀み？」

人に憑くと悪しき衝動を高め、心を弱くする淀み。あれはどこでも当たり前のようにあるものだ。雨了が龍と化し、この国を浄めてから驚くほど数を減らしたが、それでも完全に消えたわけではなく、また少しずつ発生していく埃のようなもの。それが、今大量に湧き出て太陽を覆い尽くしていた。空いっぱいの淀みではないが、この近辺を薄暗くする効果はあるようだ。

現に、淀みが見えないはずの兵士や凛勢もこの状況に気が付いている。空を見上げ、ざわついた声があちこちから聞こえる。

「あ……あ……これ……」

私を追いかけてきた昴翔輝が、空を見て真っ青になり震えていた。

「この空……母ちゃんが死んだ時とおんなじだ……」

「それって……！」

「天狗がいれば巴蛇は来ないんだ。だから夜は絶対何があっても、母ちゃんは俺と天狗から離れなかった。なのに……昼間にこんな空になった日……母ちゃんは巴蛇に食い殺されちゃったんだ！」

　では、日の出ている間は動きが鈍るはずの巴蛇が淀みを操り、この暗い空を引き起こしたのか。それは今から巴蛇が大きく動き出すということに他ならない。

「凛勢、巴蛇が動き出すわ！」

「……ええ、朱妃は陛下と秋維成のおそばへ」

「安麗俐、昂翔輝をお願い！　その子を守ってあげて」

「はい！」

　痙攣するように震え続ける昂翔輝を安麗俐に預ける。彼らが天幕に入ったのを見届けて、私は雨了の元へ駆け出した。

「雨了！」

「莉珠、大事ないか」

「うん。ねえ、この空……巴蛇が出てくるはずよ」

「ああ。……これは淀みだな。まさか太陽を覆うことさえ出来るとは」

「屋敷に入った兵士は引かせています。陛下の周囲を固めよ！」

秋維成が兵士に号令をかける。

しかしまだ昼間のはずなのに暗い空を見て、ごく普通の兵士は混乱し、怯えているようだ。無理もない。

「結局、長溥儀……いや、巴蛇は屋敷の中で見つかりませんでした」

「でも、ただ逃走したってのは、この空からしてあり得ないでしょうね……」

それを聞いて兵士の一人が鼓舞するように言った。

「いかに暗くとも、完全な暗闇ではありません。見晴らしは悪くありませんから、妖が近付いてくればすぐに分かります」

それを聞いて私は眉を寄せる。

もしも私が巴蛇なら、どうやってこの囲いを突破するだろうか。これだけの戦力を見てこの山から逃走するのなら、こうして太陽を淀みで覆う必要はないはずだ。しかしそれをするということは、まだ私に狙いを定めている可能性が高い。巴蛇は狙った獲物を諦めないと鼠も言っていた。襲われるとすれば、まず私だろう。

「あ……」

私は気付いてしまったその事実に背筋を震わせた。

「秋維成、屋敷の使用人たちはどこ⁉」

「え？　あっちの広い場所に集めて……」

秋維成は少し離れた場所を指差した。

「多分その中の一人に巴蛇が成りすましている！　ううん、もしかしたら、もう……兵士の誰かに……」

秋維成はハッとして雨了を庇うように一歩前に出た。

「お前ら、少しずつ下がれ。全員、十歩だ」

そう周囲の兵士に言い、鋭い眼光で睨みつけた。

「そ、そんな……俺たちを疑って……？」

私だって兵士を疑いたくはない。けれど、この中の誰かはとっくに巴蛇に食われ、その皮だけを利用されているかもしれないのだ。

「お、俺は間違いなく本人です。名前も出身地だって言える！」

「そうです！　俺たちを信じてくださいよ！」

しかしそれも、巴蛇が食らった人物の記憶を扱える以上、意味ないことだ。周囲の兵士をぐるりと見回す。見た目はごく普通で何も変わったところはない。

「まさか……俺たちを同士討ちさせる作戦じゃないのか。いや、むしろ朱妃こそ怪しいじゃないですか。だって蛇の化物に攫われて、一晩いなかったんだ。もうとっくに食われて……」

「お、お前、何を言っている！」

兵士たちは疑心暗鬼の目で互いを見て――いや、私のことまで化け物を見る目で見ていた。妖が見えると言った時の陸寧の目を思い出して震えが走る。

しかしふと、その中に生臭い臭いを嗅ぎつけた。

陸寧に化けた巴蛇からも、そして長溥儀からも感じていたムッとした特有の生臭さ。――巴蛇の臭いだ。

それは、私を疑いの目で見て、周囲を扇動していた兵士の一人からしていた。

「こいつが巴蛇よ！」

私は懐に入れていた樟脳の包みを取り出し、その兵士に投げ付ける。私がまた狙われるかもしれないと、凛勢が用意してくれたものだ。

「うわあっ……何を……ぐ、ぐぐッ、うぐ、くさ、臭いッ！」

兵士の皮を被った巴蛇は、樟脳の匂いに成りすまし続けることも出来ず、皮膚の下で蛇の体を蠢かす。くの字に曲げた体がビクビクと震えた。

「てめえか！」

秋維成は兵士に向かい、躊躇いなく剣を振るった。

「莉珠、見るな！」

私は雨了の手に目を覆われ、その瞬間だけは見ずに済んだ。

しかし、それで終わりではなかったのだ。

「……ヒイッ！」

「うわあぁっ！」

周囲の兵士たちが腰を抜かさんばかりの怯えた声を出す。幾人かは尻餅をついて、それでもなお逃げようと這いずって離れようとした。

秋維成が斬りつけた兵士だったモノ。被った皮は破け、その下から巨大な黒蛇が姿を現していた。

真っ黒な鱗をテラテラと鈍く光らせ、紅色の舌をチロチロと出す。斬られた兵士の皮には産み出された小蛇がうじゃうじゃと蠢いていた。

小蛇といっても普通の蛇くらいの大きさだ。それが、巴蛇と比べれば蚯蚓に見えそうなほど小さく見える。それだけ巴蛇は大きく、そして狡猾そうな目をしていた。ただ大きいだけの蛇ではない。妖であり、人の皮を被って成りすますだけでなく、淀みを操る知性すらあるのだから。

「はっ、敵の親玉のおでましか」

秋維成は殺気を漲らせ、手にした剣をギラッと光らせた。雨了も剣を抜いている。

「莉珠、俺のそばから離れるな」

「うん！」

私はなるべく雨了の邪魔にならないよう、背後にくっつく。しかし巴蛇から産まれた大量の小蛇が周囲に拡散していく。

腰を抜かした兵士は逃げられない。

「うわあぁっ！　や、やめろっ！」

小蛇の群れに飲み込まれそうな兵士が悲鳴を上げた、その瞬間、真っ白いモノがすごい勢いで飛び込んで来た。

純白で汚れ一つない艶やかな被毛。濡れた黒い鼻、ふさふさの尻尾――天狗だ。

天狗は唸り声を上げながら小蛇の群れに噛み付き、蹴散らしていく。腰を抜かした兵士は助けてくれた天狗を呆然と見た。

「い、犬だ……」

危ないところだった兵士は、仲間の兵士に引きずられて離れていく。なんとか無事だったようだ。

天狗は白いふわふわの体で流星のような速度で移動し、時に蛇を踏み付けて兵士を守りながら戦っている。

不思議なことに、今まで私と昂翔輝にしか見えなかった天狗が、兵士たちにも見えるようになっていた。彼らは救ってくれた白い犬の姿を目で追っている。淀(よど)みで太陽を覆われて周囲が薄暗いからなのだろうか。白い被毛(ひもう)はうっすら輝いていた。

「おい、お前ら反撃しろ！　兵士が守られている場合か！」

秋維成の発破に、我に返った兵士たちは次々と剣を抜き、小蛇を斬(き)りつけていく。

巴蛇と違い、小蛇には普通の剣でも効き目があるようだ。おそらく巴蛇が操っているだけで、こいつら自体はただの蛇なのだ。それでも兵士は逃げる者も多く、腰が引けている。このままでは数で押されてしまいそうだ。

「凛勢、この小蛇って、毒がある種類じゃないわよね？」

私の問いかけに凛勢がハッとする。

「……はい、毒はありません！　頭の形が三角をしていると毒を有することが多いが、この蛇は違います！」

それを聞いて、怯(ひる)んでいた兵士たちも少しずつ勢い付いていく。

「……秋維成、巴蛇は小蛇とは違うかもしれない。毒にも注意を！」

「おう！」

そう言う間にも、秋維成は巴蛇の尻尾の殴打を躱(かわ)し、剣で斬(き)りつけていく。巴蛇の鱗(うろこ)を切り裂き、その下から紅色の肉が覗(のぞ)いていた。しかしせっかく与えた傷も鱗(うろこ)が再度覆ってしまい、大きな損傷は与えられないままだ。秋維成の腕前と業物だという剣ですら、巴蛇の硬い鱗(うろこ)では一刀両断といかないようだ。

雨了は群がる小蛇が秋維成の方に向かないよう、手当たり次第に斬(き)り捨てている。

それでもまだ秋維成の方が巴蛇を押しているようだった。

いける、そう思った瞬間——巴蛇から聞き覚えのある声がした。

「痛あぁいっ！　いやっ、やめて、おやめください……秋維成様ぁあ！」

それは陸寧の声。まさしく巴蛇から聞こえてくるのだった。

「陸……寧……」

「莉珠！　聞くな！」

雨了がそう叫ぶが、聞いてしまった私の足はガクガクと震え出す。

「助けて、嫌だ……死にたくない！　秋維成様、殺さないで！　俺、家に帰りたいよ……母さぁん！」

ついさっき成りすまされていた兵士の声や、知らない男の声もあった。おそらくは巴蛇が食い殺したであろう兵士たちの声だ。秋維成を怯ませるために。

「――ッ、てめえ……ッ！」

しかし秋維成には通用しなかった。むしろ怒りに火をつけてしまったらしい。その赤毛がまるで炎を纏ったように見える。いや、全身にチリチリした炎のような力が漲っていた。

私は目を見張った。まるで軍神のように猛々しい姿。普段の軽薄さは微塵もない。

「許さねえ……ぶった斬ってやる‼」

秋維成の剣速は更に増していく。何度も切り裂き、肉の覗いた箇所を鱗が覆うよりも速く秋維成は剣を振るう。そしていよいよ仰け反った巴蛇に、腰を捻りながら回転して斬り付け――とうとう蛇体を真っ二つにしたのだった。

「やった!」

秋維成は即座に斬り落とした巴蛇の頭に剣を突き立てる。ビクッと震えた後、巴蛇は動きを止めた。同時に周囲に溢れかえっていた小蛇も力を失い、泥のようなモノになって地面にボトボトと落ちた。

勝ったのだ、周囲がそう思った瞬間――首と泣き別れになった蛇の尾が、ピクッと蠢いた気がした。

巴蛇の動きにすぐ気が付いたのは私だけのようだった。

――蛇の胴がベリベリと裂け、そこからぬうっともう一つの蛇の頭が現れた。

巴蛇の首は二股に分かれ、頭が二つあった。しかし一つにしか見えないように、片方をずっと体内に隠していたのだ。

「巴蛇がっ!」

私が叫んだ瞬間、巴蛇がポーンと高く飛び跳ね、雨了に真っ直ぐに飛び掛かった。

口を大きく開いた巴蛇。その牙からドロッとした液体が漏れ、地面に落ちてブスブスと嫌な煙を上げる。――毒液だ。

そんな中でも秋維成はいち早く動き、その首をスパッと切り落とした。しかし頭だけになっても巴蛇の勢いは止まらない。

牙が届く必要すらない。いくらなんでも頭だけでは生きていけないはずだ。だが、最後に毒液を噴射し、私たちを一人でも道連れにするつもりなのだと悟る。

不思議と世界がゆっくりに見えていた。

「雨了！　危ないっ！」

私は雨了の前に回り込み、抱き付くようにして庇った。そして背中に直撃するであろう毒液をかけられる衝撃に耐えるため、雨了にぎゅっとしがみつく。

しかしその衝撃が訪れることはなかった。代わりに、カッと白い光があった。その光の源は私。噛まれたのでもなく、毒液をかけられたのとも違う、ただ私の内側から真っ白く光る何かが出ていったのだ。

それが、巴蛇の毒を無効化させて周囲を守った。そんな気がした。

しかし確認しようにも、もう私の体は動かない。その場に崩れ落ちそうになる。

「莉珠ッ！」

倒れそうな私を雨了が片腕で強く抱き留めてくれた。もう片方の手に握られた剣を振るって巴蛇の二つ目の頭を貫き、トドメを刺すのがうっすら見えた。周囲の誰にも毒液はかかっていない。

――ああ、良かった。

そう思った瞬間、ブツンと糸が切れるように私の意識は暗転した。

第八章

暗闇の中に私はぷかぷか浮いていた。いや、よくよく見るとただの暗闇ではなく星空だった。地面はなく、上下左右全てが夜空の真っ只中(ただなか)に放り込まれたかのようだ。その光景は少しだけ星見(ほしみ)の一族の聖地であるあの洞窟にも似ている。

——まさか死んじゃったの……?

いつもの魂が抜け出てしまった時に近いけれど、こんな場所は世界のどこにもない気がした。それとも空高くずっと昇っていけばこんな世界があるのだろうか。夢ならいいが、この様子ではやはり死んでしまっていて、このまま冥府にでも行くのだろうか。

——まだ死にたくないよ。

私は唇を噛み締めた。

「ねえねえ」

不意にそんな声をかけられて、私は目をぱちくりさせた。子供みたいな声。けれど昂翔輝とも違う、知らない声だ。

振り向くと、そこには天狗がいた。純白の毛並みはこんな暗い中では輝いて見える。いや、よく見ると毛の先がパチパチと爆ぜるように火花を散らし、光っているのだ。それ以外は黒いつやつやの目と鼻も、桃色の舌も相変わらずの天狗に見える。

「……今の声、貴方？」

そう聞くと、天狗はニッコリ笑う。元々笑ったような顔をしているのだが、今のは間違いなく微笑んでいた。

「そうだよぉ。あのねぇ、巴蛇をやっつけてくれて、ありがとねぇ」

子供みたいな声だし口調ものんびりとしている。こんな状況なのに、すっかり気が抜けて笑ってしまった。

「ううん、倒したのは私じゃないわ。というか天狗って喋れたのね」

「うーんとねぇ、普段は上手く喋れないんだぁ。犬の形しているからかなぁ。ええとぉ、巴蛇のこと、ボクは倒せなくて、ずーっと翔輝のそばで守ることしか出来なかった。聖樹も守りきれなくて、ボクを送ってくれる人はもう、翔輝だけだったから。でも、誰か助けてって呼んでたらキミが来てくれた！　ボクは嬉しかった！」

天狗はふさふさの尻尾をブンブンと振り回した。

私は首を傾げる。

「貴方を送るってどういうこと？」

「ボクはね、ずーっと上のお空から来たの。そこはね、常世って呼ばれる場所」

「ここがその常世？」

常世とは冥府の別の言い方ではなかっただろうか。

「ううん。ここからもーっと遠く。星空の果てにあるよ。ここは常世と現世の間くらいの星空の中。本物じゃなくてボクの思い出のだけどね」

私はキョロキョロと辺りを見回す。星空の上はこうなっているのかと不思議な気持ちになった。

「ボクはお腹が空いたら常世から現世に落ちてくるんだ。それであの山でしばらく過ごして、お腹がいっぱいになったら、また常世に戻って、おかしくなった星を元に戻すの。常世と現世ってね、放っておくとどんどん近付いちゃって、星に影響が出ちゃうんだ。でもねぇ、ボクが帰るための梯子がなくなっちゃった。うーんと大きな木で、飛んで行くのにとっても便利だったのにさぁ」

天狗の口調はふわふわだし、曖昧で分かりにくいが、とても大事なことを言っているのだ。私は自ずと真剣な顔になる。

「大きな木って、星見の一族の神木のことよね？」

「そう。ずーっと暑かったでしょう？　常世と現世の距離が近くなり過ぎちゃって、星がおかしくなっちゃったせいだよ。だけど、ボクがお腹いっぱいでお空を飛んで常世まで帰ったら、すぐに元に戻せるんだ！　それがボクのお役目。でも、星見の子たち、たくさんいなくなっちゃったし、木もなくなっちゃって、ずーっと帰れなくて、ボク困ってた」

　白いふさふさの尻尾がヘロンと垂れる。耳もぺったんこだ。

「……つまり、貴方が空に帰らないと、この国は暑いままってことなのよね。常世と現世が近付くと、どう良くないの？」

「世界がぐちゃぐちゃになっちゃう……。原初って分かる？　世界の始まり。常世と現世が混ざってたの。その時みたいになっちゃう。すぐじゃないし、あと数十年は平気だけど、でも少しずつおかしなことが増えていくよ」

　数十年はだいぶ長い。だからといって放っておくわけにはいかないだろう。

「それで、帰りたいけど、神木が伐られちゃったから、このままじゃ帰れないのね。どうやったら貴方は帰れるの？」

「うーんとねえ。梯子の代わりになるものが欲しいなぁ。あの木のあったところに、高くまで登れる棒とかぁ、柱とかぁ。それでぇ、お月様が出てない夜に翔輝が笛を吹いてくれたらいいよ。そしたら梯子がどんどん伸びて、ボクの道になってくれるはずだから」

それを聞いて思い出したのは、母さんらしき女性と昴翔輝の母である聖樹の別れの夢だった。星見の一族は新月の晩にあの子守唄を笛で吹く儀式をするのだと言っていたはずだ。つまり、その儀式を再現する必要があるということだ。

「分かったわ。梯子の代わりになるものを用意するのね」

「お願い。あーキミが来てくれてほんとによかったぁ！」

天狗はふにゃっと笑みを浮かべる。

「そうだ、聞きたいことがあったの。私、足を怪我したと思ったんだけど、もしかして貴方が治してくれたの？」

「えっと、戻したの。星を戻すのと同じ。正しい姿に戻しただけ」

「戻す……すごい力なのね」

「ううん。なんでも出来るわけじゃないもん。それに巴蛇に食われたり、死んじゃったりしたら戻せない……聖樹も、神木も」

「ねえ、巴蛇はちゃんと死んだのよね」

「うん。二つの頭の両方とも死んじゃった。どっちか残ってると、再生しちゃうからすーごく厄介でさぁ。強い人がいたおかげだねぇ」

「……私、巴蛇の毒を浴びたかと思ったんだけど……あれは？」

天狗はくりんと首を傾げた。

「浴びてないよぉ。えっとねぇ、星見の子のための守護が上手く働いたみたい。地下のキラキラの部屋に入ったでしょう？」

「あ、あの星見の聖地ね」

「うん。死んじゃった星見の子たちがキミを守ってくれたんだよ」

つまり、私が助かったのは星見の一族のおかげらしい。助かったことにホッと息を吐いた。

「うーんと、キミって、笛下手くそでしょ」

天狗はつぶらな黒い目を細めて私をじっと見てくる。

「ふ、笛は……確かに吹いたことないけど……」

「明樹も下手くそだったもん。キミも笛は吹かない方がいいよぉ。でもねぇ、それ以外の力はとっても強いみたい。きっと明樹の力を受け継いだんだねぇ」

「明樹って、私のお母さん？」

「多分そうかなぁ。似た匂いするもんねぇ。明樹はとっても強い力を持ってたんだよぉ！　聖樹はそこまでの力じゃなかったけど、笛が上手だったなぁ。翔輝も笛が上手だねぇ。ボク、こんなに一人の星見の子と一緒に過ごしたの初めてだったなあ！毎日すっごく楽しかった！」

昂翔輝の話をすると、天狗は嬉しそうに尻尾をブンブンと振り回した。私とろくのように、昂翔輝と天狗にも人と妖の間で強い絆があったのだ。きっと、昂翔輝にとっても、天狗が心の拠り所だったのだ。

「ねえ、ここにキミを呼んだのはボクだけどさ、これからは、なるべく魂を抜かないようにした方がいいよぉ。それをやり過ぎると、体の力をいっぱい使うから、弱って早く死んじゃう。明樹もそうだったから……」

「……お母さんも、私みたいなことが出来たの……？」

「うん。行きたいなあって考えたら、キミはどこでも行きたいところに行ける力があるんだ。でもねぇ、それは危な過ぎる。体が弱らなくても、うんと強い力の方に引きずられたり、生きてるのに常世に引っ張られちゃうかもしれないから。それはとっても怖いことだよ」

「わ、分かった……気を付ける」

「うん！　いっぱいお喋りしてくれて、ありがとねぇ！　そろそろキミも帰る時間だね。あのね、翔輝にね、大好きだよって伝えてほしいんだぁ。いつも大好きって思ってるけど、ボク喋れないからさぁ。あとね、キミ、名前なんだっけ？」

「私は莉珠よ」

「莉珠！　明樹の好きだった茉莉花の蕾みたいな名前！」

「お母さんが……？」

私の名前は茉莉花から取ったと祖父が言っていた。でもそれだけじゃなかったのがなんだか嬉しくて、私は頬を押さえた。

「あ、ねえ、天狗には名前ってないの？」

天の狗だなんて、あまりにもそのまますぎるではないか。

しかし天狗は首をくりっと傾げる。

「名前……？　ボクはずっと天狗って呼ばれてきたからなぁ。あっでも、流星とか、箒星って呼ぶ人もいるよ！」

「流星の妖……!?」

天狗は白い被毛をパチパチと輝かせた。ブンブンと振った尻尾も、ニコニコの笑顔も普通の犬と変わらないのに、やっぱり妖なのだ。

「あのね、ボクは常世と現世の間で、大きな流れ星になるんだよ。そしてまたいつか戻ってくる。何年か……長ければ何十年か後だけど」

「そうか……だから『星見』なのね。星は夜空の星じゃない。流星を見る人々――」

星見の一族が占いを生業としていたのは生活のためで、占星術をするから星見を名乗っていたのではない。その逆なのだ。彼らは数年に一度流星としてやって来る天狗を迎え、そして空に送り帰す手助けをする一族。だからこそ天狗も星見の一族である昴翔輝を巴蛇から守り続けた。妖と人はそんな関わり方もあるのだ。

「じゃあ……昴翔輝とお別れするのは少し寂しいわね」

天狗は桃色の舌を出し、ニッコリ笑う。

「ううん。翔輝か、その子供か、そのまた子供にはまた会えるもん。お別れしても大丈夫。それにね、翔輝や莉珠が夜空を見上げてボクを思い出してくれたら、その度に小さな流れ星を降らせてあげるからさ。そうしたら手を振ってね！」

天狗は身を翻してこの星空の中を走っていく。それはまさに流れ星のような軌跡。

私はそれを見ながら、だんだん下の方に引っ張られていくのを感じた。

多分、私の体は眠っているだけなのだ。だからもう戻らなければ。以前、雨了が教えてくれたように、自分の体を思い出す。

するとどんどん加速して、私こそ流れ星になったように真っ白になった。


目を開けると、私の手を握る感触があった。

温かい手。私がどこかに飛んでいってしまわないように引き留めてくれる存在――

雨了の手だった。

「……莉珠！」

目を開けた私は雨了に強く抱き締められた。

「良かった……目が覚めたのだな……」

「雨了……。心配かけてごめん」

「心配どころではない！　この胸が張り裂けてしまいそうだった。俺はそなたに庇われてまで生きたくはないというのに……！」

雨了は十年前、家族同然だった乳母や宮女の汪蘭に庇われ、彼女たちを目の前で失ったのだ。私はたまたま助かっただけで、やったことは彼女たちと同じだ。雨了の心の傷を抉ってしまった。そんな後悔が今更胸を痛ませる。

「ごめんね、雨了……でも、やっぱり、雨了が危ないって思ったら体が勝手に動いちゃった」

「……その莉珠の気持ちは分かるのだ。俺とてそなたと逆の立場であれば、この身を差し出してそなたを庇っただろう」

ぎゅっと抱き締められていて、私は雨了の肩口しか見えない。でも、その声が本当に泣きそうに聞こえて私も涙がじわっと浮かんだ。

「だが、どうかもうそんなことはやめてくれ。そなたが二人で生きようと言ってくれたのではないか。……俺は、莉珠と共に生きたい。どうか、力を合わせて二人で生き残る方法をまず考えてはくれないだろうか」

「……うん。ごめん、雨了。私も雨了と一緒に生きたい。子供が出来て、その子が育って、私たちがお爺ちゃんお婆ちゃんになるまで、ずっと一緒にいたい」

「ああ……」

私とピッタリくっついた雨了の体は、まるで私の一部みたいに同じ温度だった。触れ合っている部分が溶け合って境目が分からなくなってしまうくらい。私たちは元々一つのもので、それが生まれる時に分かたれてしまった、そんな気さえする。もちろんそんなはずはなくて、年も違うし、生まれ育ちもかけ離れた人だけれど、やっぱり雨了こそ私の半身なのだ。

雨了が生きていること、そして私が生きていること——それに改めて感謝したのだった。

結局、雨了が私を放すことはなく、後ろから抱き抱えられたまま侍医(じい)の診察を済ませた。非常に恥ずかしいが仕方がない。

診察の結果、私の体はなんともなかった。夢の中で天狗から聞いた通り、星見(ほしみ)の守護が働いたらしい。そう雨了たちには伝えたのだが、私が毒液を無効化した様子は周囲の兵士たちに目撃されてしまっていたのだ。

そんな変な力を持って、また気味が悪い妃だと言われてしまうのだろうか、と重い気持ちになってしまう。

しかし、周囲から漏れ聞こえてきたのは予想外の声だった。

「莉珠、そなた女神の化身と言われているそうだぞ」

「な、なにそれっ！」

「私は龍の守護神と聞きました」

「凛勢まで！　やめてよ！」

ものすごく恥ずかしい。柄でもない噂話に頬が熱くなる。

「良いではありませんか。実際、毒液から庇われたのは陛下だけではありません。私や秋維成、近くにいた兵士も全て無事なのは朱妃のおかげです。誠に感謝いたします」

凛勢から真顔でそう言われて、余計に恥ずかしさが止まらない。

「……俺としては陛下や朱妃をお守りするどころか、逆に守られてしまった不甲斐なさに厳罰に処していただきたいほどですよ」

秋維成は肩を落としている。せっかくの色男が台無しだ。

「まさか！　秋維成がいなかったら、どんな被害が出ていたことか……とんでもなく強い妖だったもの。雨了が怪我一つないだけですごいことだし、私も食われていたかもしれないんだから」

「ええ、巴蛇討伐での死者は成りすまされた者以外なし。小蛇に毒がなかったため、怪我人も軽症で済んだのです。誇るべきことでしょう」

「無論だ。罰どころか褒賞を望む立場であろう」

「そうよ。近くで見てもすごかったもの！」

「ぐうっ、そう言われるとこの修行不足の身、ますます辛いのですが。しかし俺の部下たちも妖と対峙するのは初めての者ばかりなのに怯まず、良い動きをしてくれました。俺への褒賞は辞退しますので、俺の部下への褒賞の増額と装備品の見直しをしていただきたく存じます」

「秋維成がそう言うのであれば許可しよう」

「それと、正直なところ、許されるならこのまま山籠りをして修行をし直したいのですが……」

「さすがにそれは。陛下をお守りする人員が足りません」

そう凛勢に冷たく言われて秋維成は嘆いている。

「……秋維成って案外真面目なのね」

「当たり前だ。近衛に選ばれるということはただ強いだけではない。軽薄に見えて日々血の滲むような鍛錬を怠らない努力家でもある」

私を抱えたままの雨了からもそう言われて、秋維成のことを少し見直した。

「努力するのは当然です。なんせこの俺から武芸を取ったら、ただの色男しか残りませんからね」

私と雨了のやりとりを聞いていた秋維成が口を挟んでくる。うん、前言撤回したいくらいの軽薄さだった。

そんなやりとりをしている間に太陽を覆う淀みは、雨了の龍気もあってか霧散していった。鮮やかな青空と、少しばかり暑すぎる気候が戻ってきたのだ。

――ようやく終わった。

私は雨了と凛勢に天狗を空へ帰す儀式の話をして、天狗の望む柱を切り株のそばに建ててもらうよう頼んだのだった。雨了はすっかり元気だけれど、この異常な暑さは放置するわけにはいかない。

「なるべく早く、次の新月が間に合わなければ、その次の新月に儀式が出来るように準備をお願い出来るかしら」

「……承知いたしました。どちらにせよ郷長屋敷は解体する必要がありますから、せっかくですのであの大黒柱を使いましょう。その神木のものですから丁度良いですし、日数の短縮にもなりますね。それから、屋敷で使われていた木材も神木のものだと言っていましたね。次の新月まで十日と少しですので、急いで作業させましょう」

「あの屋敷って壊してしまうの？　どうして？」

凛勢はちょっとだけ躊躇うように雨了に視線を送ったが、雨了は許可を出したらしい。背後の雨了の顔は見えないが、凛勢は小さく頷いてから口を開いた。

「朱妃が気絶している間のことです。捜索を再開させた郷長屋敷から、連絡の取れない昔の使用人やこの近辺での行方不明者の持ち物などが見つかりました。着物や所持品……それから、骨です。さらに、長溥儀本人の皮も発見されています。屋敷のあちこちに隠されていますので、巴蛇の犠牲者の数をハッキリさせるため、一度解体するしかないのです」

私は息を呑んだ。

分かっていたつもりでも、たくさんの犠牲者のことを考えると口の中が苦くなる。

「陸寧や、所在不明になった兵士らのものも見つかりました。……なるべく早く遺族へ返してやりたいので」

「うん……お願い」

雨了が私をそういう血生臭い話から遠ざけるのではなく、正しい情報を聞かせるのも、私のことを妃として、雨了と対等の存在だと認めてくれているからなのだ。だから精神的に辛い内容でも、ちゃんと受け入れなければならない。

雨了は私が事情を呑み込むと、労(いたわ)るように頬を撫でてきた。

「……私は大丈夫だから」

「無理はしなくていい」

「ううん、私がちゃんと知らなきゃいけないことだと思うから」

陸寧や陸寧を護送する任務の兵士は巴蛇の犠牲になり、鼠の妖(あやかし)は私を助けるために死を選んだ。それをちゃんと受け入れて、前に進まなきゃいけないのだ。

「……ご遺族に何か補償は出来るかしら」

「はい、もちろんです。長溥儀は財産を不正なやり方で溜め込んでいたようですので、その不正分を今回の補償や褒賞に当てたいと思っています」

凜勢は唇を吊り上げる。そのゾッとする笑みに私は背筋を震わせた。やっぱり凜勢はちょっと怖い。

「残る正当な財産は、義理の息子である昂翔輝に渡されることになります。元々の星見の一族の財産などですね」

「昂翔輝はどうしている？」

「まだ精神的に少々不安定な様子です。安麗俐をそばに置き、落ち着くのを待っております」

「……そう。無理もないわよね」

昂翔輝は母を巴蛇に食われ、まだ幼いのに下働き以下の立場で虐げられていたのだ。心の傷が癒えるまでしばらくかかるだろう。そして今度はずっとそばにいてくれた天狗とも別れることになってしまうのだから。

「お会いになりますか？」

「いいの？」

「ええ。朱妃のことを心配しておりましたから、顔をお見せになれば安心するでしょう」

凛勢はそう言いながら、横の兵士に小さな箱を持って来させ、天幕まで同行したのだった。

「莉珠様！」

座っていた昂翔輝は私を見るなり椅子から飛び降りて、抱き付かんばかりの勢いでやってきた。

安麗俐も肋骨を折っているというのに、私のそばで跪く。

「無事で良かった……です。あの、巴蛇を……母ちゃんの仇を取ってくれて、ありがとうございました」

「倒したのは私じゃなくて、陛下と近衛の秋維成よ。すっごく強かったんだから！」

「それは聞いています。でも、莉珠様が、なんかすごい力を使って、みんなを守って、でも倒れちゃったって聞いて……」

「わ、私はすっかり元気だから！　それにあの力はもう使えないと思う。あの力は、星見の一族の守護だったんですって。もしかしたら、貴方のお母さんも私に力を貸してくれたんじゃないかしら。そのおかげで大切な人たちを守れたの。私は星見として育ってはいないけれど、とても誇らしく思うわ」

「り、莉珠様、俺の親戚って……本当に？　なんかの冗談じゃなくて？」

私が頷こうとした時、凛勢が一歩前に出た。

「それについては、こちらに」

手にしていたのは細長い木の箱。なかなか年季が入っている。

「こちらは、長溥儀の屋敷から発見されたものです。……昂翔輝、貴方はこれが何か分かりますね？」

昂翔輝は目を見開いて箱を凝視していた。そして腰に差していた笛を取り出して言った。置き忘れていたはずだったが、ちゃんと取って来れたらしい。

「それ、母ちゃんの肩身の笛です！　元々はこの笛と、もう一本入っていて。俺は会ったことないけど、母ちゃんの姉ちゃんのものだって……」

「そちらの笛には聖樹と、昂翔輝のお母様の名前が刻まれていますね。そして、この箱に残された笛には――」

言いながら凛勢は箱を開ける。そこにはかつて夢で見た、聖樹が明樹からもらったあの笛が入っていた。

「明樹とございます。昂明樹というお名前は、朱妃にも内密で調べさせた朱妃のお母上の名前に相違ありません。つまり、貴方は朱妃の従兄弟ということです」

「うええっ⁉」

「ほう、そうか。莉珠の従兄弟とな。では俺にとっても親戚も同然だ」

昂翔輝は雨了に頭を撫でられ——というかめちゃくちゃにかき回され、ボサボサになった髪にすら気付かず目を白黒させた。

「凛勢、どうするべきか、もう考えておるのだろう？」

「ええ、もちろんです。成人する頃には然るべき身分をご用意いたしますが、それまではこの土地のかつて星見の里があった場所に屋敷を建て、そちらで教育を受けていただきます。相応しい人材も必要ですね」

「な、なんだか信じられない。俺、頭がクラッてしそう……」

突然のことに昂翔輝は頭を抱えてしまう。まあ、無理もない。私だって突然妃だと言われて気絶したことがあるのだから。八歳の少年に簡単に受け入れられるものではない。

「あ、あの、よろしいでしょうか」

そう切り出したのはずっと控えていた安麗俐だった。

「こんな時に申し訳ありません。どうか私を護衛女官の任から解いてはいただけませんか。私は友人の遺したこの子を見守り、育てる手助けをしたいと考えております。朱妃には護衛として力及ばず、ご迷惑ばかりおかけしてしまいましたが……」

「そんな、迷惑だなんて！」

「別に良いのではありませんか？」

苦渋の決断をした安麗俐に、凛勢はあっさりそう言った。

「侍女や護衛を用意する予定でしたから、安麗俐が昂翔輝の侍女兼護衛となればよろしい。昂翔輝もその方が心強いでしょう」

「それなら私も賛成よ」

私の言葉に雨了も頷く。

「う、うん。俺は安麗俐と一緒がいいです！」

「……昂翔輝」

二人はそっと手を繋ぐ。

血が繋がっているわけではないが、なんだか二人の間に親子の絆めいたものを感じて胸が温かくなった。

「ずっと共にいた天狗と、もう少しでお別れになってしまいますから……せめて私だけでもそばにいてあげたくて……」

安麗俐は淡く微笑む。そこに、最初の頃は苦手意識を持っていた仏頂面の彼女の姿はない。きっとこんな柔らかな雰囲気こそ本当の安麗俐なのだ。

「もー、安麗俐ったら、そういうの過保護って言うんだ。俺は天狗がいなくても別に平気だっての」

「昂翔輝、儀式のこと知っていたのね」

「うん。母ちゃんから聞いていたから。天狗のこと本当はもっと早く帰してやらなきゃいけなかったけど、巴蛇もいたし、神木もなくなっちゃっていたから……」

「あら、そういえば天狗は……？」

天幕の中にあの白いふかふかの姿はない。

「んと、外を走り回っているみたい、です。多分、巴蛇がいなくなって、俺のそばにずっとくっついている必要なくなったし。アイツ、本当は自由なのが好きなんです。なのにずっと俺のそばにばかりいてさぁ」

そう言う昂翔輝の小さな手は、服の裾を手の甲が白く見えるほど強く掴んでいる。大きな瞳がしきりに瞬きしているのは、きっと目の端に涙を浮かばせないようにしているのだ。強がる昂翔輝の前にしゃがんで目線を合わせた。

「昂翔輝、私……天狗からの言伝があるの。さっき気絶している時、天狗と話したのよ。昂翔輝のことが大好きって伝えて欲しいって言われたわ。それから……夜空を見て天狗を思い出してくれたら流れ星が見えるからって」

「天狗……」

おそらく、昂翔輝は笑おうとしていたのだろう。しかし唇は震え、ぎこちなく歪んだ。昂翔輝の幼い頬に涙がポロッと零れ、そのまま決壊したように涙が溢れ出る。

ずっと長いことそばにいて守ってくれた存在と別れるのが平気なはずはない。本当は悲しいのを我慢していたのだろう。

しばらく泣いて、目が真っ赤になった頃、ようやく泣き止んだ。

「……でも、俺、やっぱりちゃんと天狗を空に帰してやりたい。儀式、やります。母ちゃんからやり方とか色々聞いているし、俺一人でもちゃんと出来ると思います！」

その真っ直ぐな瞳は、幼くとも星見の一族である自覚と誇りに溢れていた。

「それではこの天幕を引き上げ、一旦離宮に戻りましょう。昂翔輝の身柄は安麗俐に。それから――」

凜勢がそう仕切っていると、天幕に報告の兵士がやってきた。

「も、申し訳ありません。大変遅くなりましたが、指定の場所にて妖の子供らしきモノを保護してまいりました！」

「あ、妖の鼠の子供よね！」

私はホッとする。命の恩人である鼠の最後の願いが子供の保護だったのだ。責任をもってちゃんと育て上げなければ。

「は、はい……そのはずなのですが。本当に合っているのかどうか分からず……ご確認をお願いしたくてですね……」

しかし兵士の様子はおかしく、しどろもどろだ。

「どういうことだ。場所が合っていなかったのか？」

「そういうわけでは……」

凜勢の問いかけにも汗を流すばかりだった。

「とりあえず見せてもらいましょう」

私は安麗俐や昂翔輝にも私を救ってくれた鼠の話を聞かせた。

「二人もいらっしゃいよ」

ぞろぞろと集団で兵士の後についていく。すると別の兵士が布に巻かれた鼠の子らしきものを抱いて困った顔をしていた。

「あの……指定の場所にて見つかったのはこの動物だけで……。周囲を念入りに捜索したのですが……」

「見せなさい」

凛勢が布を開かせる。

するとそこには――子犬がいた。

「犬？」

白黒のブチの犬だ。生後三ヶ月程度だろうか。まだ小さく、きょとんとした顔でこちらを見つめている。

「か、可愛い……」

安麗俐は呟き、ハッと我に返ったように耳を真っ赤にした。

「ね、鼠の子供と伺（うかが）っていたのですがどう見ても犬で……」

「あ、そうか。多分その子でいいはずよ」

親兄弟を食い殺されたので育てたと言っていたのだから、鼠とは限らない。まさか犬の子だとは思わなかった。子犬といっても鼠の数倍の大きさがあるからだ。

「歯は生えていますね。健康そうだ」

凛勢は子犬の口を広げて見ている。子犬は凛勢の指をぺろぺろと舐め、凛勢は困惑した表情を見せる。

「では、この犬を養育出来る者を探して――」

「あ、あの。俺が育てたい！　駄目、ですか？」

昴翔輝は食い入るように子犬を見つめている。

「俺……子供だし、これから安麗俐とか大人の世話にならなきゃいけないのも分かっているけど。それでも、そいつの親も巴蛇に食い殺されたって……だから俺……」

自分と似た境遇に共感したのだ。

「安麗俐はどう思う？」

「私としても、是非ともその子犬を預からせていただきたいです！」

可愛い生き物が大好きな安麗俐が否と言うはずはない。

「じゃあ、決まりね。昂翔輝、安麗俐。私の命の恩人の子供を大切にしてね」

布に包まれていた子犬を昂翔輝は抱き上げ、そして目を丸くした。

「こいつ、足が六本ある……！」

「本当だわ」

しかしその真ん中の足が見えるのは私と昂翔輝、それから雨了だけだった。

ろくと同じ、六本足。

「……つまり、この子も妖ってことね。多分、従従って種類だと思う」

以前、壁巍がろくは従従という妖だと言っていたのだ。この子犬も、おそらく妖の乳で育ったことで妖になったのだろう。

「じゅうん？」

子犬は分かっているのかいないのか、首を捻ってじゅうじゅうと鳴いたのだった。

さらに、嬉しいことがあった。

離宮に到着すると、陸寧の後釜として金苑が来てくれていたのだ。

「ご事情は伺っております。どうか、お気を落とさず。それに朱妃には大変なことが起きていたと伺いました。まずはお体を労ってくださいませ」

「私、来てくれたのが金苑で嬉しい」

「再び朱妃のおそばで働けて、幸せにございます」

金苑は到着したばかりだというのにキビキビと動き出す。その様子に薫春殿に帰ったようにホッとしてしまったのだった。

「ああ、朱妃。言い忘れておりましたが、薫春殿の宮女はそのほとんどが復帰を希望しております。もちろん恩永玉も。離宮から戻られる頃には、きっと今まで通りの薫春殿となっておりますよ」

「……うん。ありがとう、金苑」

私の大切な薫春殿の宮女たち。あんなにも怖い思いをしたのに、変わらず私に仕（つか）えてくれる気持ちが残っている。それが嬉しくてたまらなかった。


そして儀式の日である新月の日がやってきた。

私と雨了も儀式に立ち会うため、日が暮れ始めると、星見（ほしみ）の聖地である洞窟の真上——今は切り株になってしまった神木の近くへやってきたのだった。

「近隣から大工を呼び集め、なんとか間に合わせました。華表（かひょう）——参道入口などに置かれる標柱として仕上げさせました。意匠は白い犬と星です。いかがでしょう」

「よく間に合ったわね」

「凛勢が引き受けたということは、必ず成功させるということだからな」

「……すごいのね」

夢で見た巨木に比べれば小さいが、それでも見上げるほど大きい。

「あとは、これで儀式が出来て、ちゃんと天狗が空に帰ることが出来るのかってことよね」

「莉珠、来たようだぞ」

雨了の示す方に、着飾って緊張しながら歩いてくる昂翔輝が見えた。その脇に真っ白な天狗がとことこ歩いている。

「あ、莉珠様」

「ねえ、天狗はこの華表(かひょう)で帰れそうなの？」

「えと……多分。実はさ、安麗俐の村の人たちが、長溥儀に取り上げられないように、こっそり星見(ほしみ)の一族の書物を隠しておいてくれたんです。それを返してもらったから、儀式の内容とか、やり方とかも覚えたし、ちゃんと出来ると思います。な、天狗」

天狗はふさふさの尻尾を振りながら、ワオンと鳴いた。

「安麗俐は？」

「子犬の面倒を見てもらっています。可愛いから、安麗俐も手放さないし」

可愛いもの好きの安麗俐は子犬にすっかり夢中のようだ。

「あっ、そうだ。莉珠様、切り株を見てください。実は芽が生えてきたんです！」

昂翔輝が指差す先に、小さな芽が出ていた。

「神木は伐り倒されちゃったけど、死んでなんかないんです。きっと長い年月をかけて、また立派な木になるんだと思います。俺はここでそれを見守って、何年かに一度、天狗が空から落ちてきたら迎えてあげて、また空に帰してあげて……そういう風にここを守っていきたいです」

「うん、昂翔輝なら出来るわ！」

「へへ……それから、莉珠様にこれを」

昂翔輝が差し出したのは明樹と刻まれた私の母さんの笛だった。

「これ、元々は莉珠様のお母さんの笛だって。持っていってください」

「で、でも……貴方のお母さんの形見でもあるじゃない」

しかし昂翔輝は首を横に振った。

「いえ、俺には母ちゃんの残したこの笛がありますから。今日もこの聖樹の笛で、お務めを果たしてみせます」

昂翔輝のまっすぐな瞳はこの夕暮れの照らす何よりも眩しい。

私は頷いて笛を受け取った。

「……ありがとう」


やがて日は完全に落ちて、月も昇らぬ新月の暗い夜となった。

点々と置いてある篝火だけが神木の切り株と華表を照らしている。周囲には兵士たちや安麗俐の故郷の村人たちもいるのだが、誰一人喋らない。虫の音どころか風さえ止まってしまったかのようにシンと静まり返っていた。

華表に昂翔輝と天狗がゆっくりと歩み寄る。こんな暗い中では天狗が小さな火花を散らし、純白の毛並みは発光し輝いているのがはっきり分かる。

昂翔輝は華表と天狗に交互に頭を下げ、こちらに聞こえないくらいの声で祈りの言葉らしきものを呟く。そしてゆっくりと笛を構えて吹き始めた。

途端、地面から輝く白い靄がゆらゆらと立ち上っていく。それは夢の中で聖樹が笛を吹いていた時と同じ現象だった。

その白い靄は誰にでも見えるのか、沈黙を守っていた人々から感嘆の声が漏れた。

昴翔輝は集中を切らすことなく、美しい笛の音を闇の中に響き渡らせる。

白い靄はどんどん増えて華表に集まっていく。やがて華表から空まで真っ直ぐに伸びる線——天狗のための道が出来上がった。

天狗は空を仰ぎ、アオーンと遠吠えをした。すると、少し離れたところから人々が足音を立てずに集い始める。その一人を見て私は息を呑んだ。

そこには陸寧がいた。うっすら見覚えのある兵士や、幾人もの男女と共にゆっくりと華表の方へと歩み寄ってくるのだ。

彼らの体は透けていて、生きている人間ではないことは言うまでもなかった。

思わず陸寧の方に足を踏み出しそうになり、私は雨了に手を引かれて我に返った。

雨了は何も言わない。けれど私の手をしっかり握り、私をこの場に留めてくれたのだった。

彼らは何にも目をくれることなく、華表のそばに集い、足を止めた。天狗がもう一度遠吠えをし、重さなどないように華表(かひょう)を駆け上っていく。それと共に透けた体の幽霊たちも小さな光の粒になって、天狗と一緒に空へと飛んでいくではないか。

この星空の向こうに、常世(とこよ)があるのだと天狗は言っていた。常世(とこよ)は冥府とも言う、死者の世界だ。

きっと天狗はああやって巴蛇の犠牲者を一緒に連れて行ってくれるのだ。

天狗は華表(かひょう)の高さを超え、グングン白い靄(もや)の道を真っ直(す)ぐに上っていく。その内に、被毛(ひもう)の先でパチパチしていた火花が激しくなり、虹色に煌(きら)めいた。どんどん高度を増していき、犬の姿ではなく虹色の長い尻尾を伸ばす流星となった。

流星は真っ直(す)ぐ、ひたすら上に。雲を突き抜けてなおも上がっていく。

そして、昂翔輝の笛の音が止(や)んでも、もう天狗は止まることはなかった。

天へ伸びる梯子は、昂翔輝が笛を吹き終わるとゆっくりと霧散したが、空の天狗は飛び続けている。もうただの流星にしか見えなかった。

「――ありがとうございました」

昂翔輝はそう言ってペコッと頭を下げた。

空を見上げていたみんなが夢から覚めたような顔をしている。

――これで本当に終わったのだ。

涼しい風が吹き抜けていく。

儀式も済み、私たちはまた離宮に戻ってきた。

天狗が走り去ってしばらくすると、どんどん気温が下がっていったのだった。窓を開けていれば、まだ空の遠くに流星になった天狗が見えた。

くしゅん、とくしゃみが出る。窓のそばは少し寒いくらいだ。

「……ようやく待ち望んだ涼しさだが、気温差が随分あるようだな。夜間は肌寒いくらいだ」

「そうねえ、これで夏風邪引いちゃったら大変」

「莉珠、おいで」

雨了はそう言って私を抱き寄せる。雨了の胸元は温かくて、くっついて目を閉じた。

雨了は暑さが一気に去ったことで機嫌も良いし、体調も完全に元に戻ったようだ。

「……もう毒の影響もすっかり抜けたな。やはり暑さのせいで体力を消耗したのが大きかったのだろう。龍の力も安定している」

「そう、良かった……本当に」

私は微笑む。雨了はそんな私を黙って見つめているが、やがて口を開いた。

「――莉珠、大切な話がある」

「え？」

雨了は改まって、私の体を離した。

真剣な顔をした雨了が灯火（ともしび）に照らされている。青い瞳も薄暗い部屋の中で輝いていた。

「これを見てほしい」

雨了が取り出したのは、青銀色の鱗（うろこ）。どんな宝石よりも綺麗だと思う、雨了の鱗（うろこ）だった。

「と、取れたの？」

「ああ。ついさっきな。……この意味を分かってくれるか？」

私は息を呑んだ。

龍の正しい求婚の方法。それは、生まれつき鱗（うろこ）を持っている龍が、大人になった頃剥（は）がれ落ちた鱗（うろこ）を相手に渡すというもので。

しかし、私たちは出会った時に正しい方法を知らなかった。無理矢理剥がしたせいで雨了は体内の龍の力を操れず、死にかけてさえいたのだ。そして、貼り直した鱗がようやく取れた。それは、つまり——

心臓が激しく音を立て、私の体温を上げていく。

ゆっくり頷いた私に、青銀の鱗が差し出された。

「莉珠にこの鱗を受け取って欲しい」

「……はい」

私は手を震わせて鱗を受け取った。

すると雨了は綺麗な顔に甘い笑みを浮かべる。

「ああ……幸せだ。俺の片割れ。俺の莉珠……愛している」

「私も。雨了のこと大好き……愛している」

手の中の鱗がキラキラ煌めいている。

「……綺麗。ずっと綺麗だなって思っていたんだけど、もう一度私の手に帰ってきたら、今までよりも、もっともっと綺麗に見える」

かつては割れ、貼り直した時にはヒビ割れていたところも完全にくっついている。

もうどこにもヒビは見えなかった。

「なくさないように箱を用意してもらわなきゃ。素敵な箱がいいな。あ、でも身につけられるように加工してもらうのもいいかな。服の下にずっと持っていられるものとか」

「そうだな……だが、その相談はまた今度で。……今はそなたに触れたい」

「あ……」

私は頬が熱くなった。多分真っ赤な顔になってしまっている。それだけじゃない。甘くて熱いものが体中を血液と共に駆け巡っている気がした。

「……触れても？」

「うん、いいよ」

雨了の手がそっと頬に伸ばされる。

「真っ赤だ」

「うん……」

そのまま抱き寄せられて、唇に雨了の唇が重なった。それはだんだん深いものになっていく。

私たちの吐息が重なり、部屋には衣擦(きぬず)れの微かな音だけ。まるで世界に二人きりだ。

私は熱に浮かされたように、雨了の青く光る瞳をじっと見つめていた。


眩しさにうっすら目を開く。

朝だった。山の中らしい緑の濃い匂いに、騒がしい鳥の鳴き声。窓の外には澄(す)んだ青空が広がっている。天狗の姿を探せばかなり小さく、きっとすごく遠くまで行ったであろう流星が見える。伸びた尾は虹色に煌(きら)めいていた。

「莉珠、起きたのか」

「うん」

「その……体は辛くないか」

そんなことを言われて私は昨夜のことをまざまざと思い出し、頬が燃えたように熱くなった。

「だ、大丈夫だよ！　もう！」

完全に照れ隠しだ。

雨了はクスクスと笑う。

それから長い髪をかきあげ、私の横で空を見上げた。そんな仕草をする雨了は悔しいくらいかっこよくて色気がある。

「もう随分遠いな」

「うん……あと少しで見えなくなっちゃうと思う」

「常世まで行くのだったか。一説には常世もまた龍が作ったのだと言われている」

「それって壁巍のこと？」

「いや、あの方のさらに先祖ということになるのだろう。原初の龍もまた夫婦神で、夫婦で協力し混沌とした世界に炎や水、生き物を生み出したのだ。しかし妻の龍は最後の子を孕んだまま産むことが出来ずに死んでしまった。妻は腹の子と共に空に昇り、そこが常世——死の国になったのだ。夫の龍は嘆いたが、常世は遠く、託された子供たちを抱えては追いかけることさえ出来なかった。それゆえ、大地、つまり現世に身を変じて、子供たちに豊かな実りを与えながら、遠い常世にいる妻をずっと見つめ続けているのだそうだ」

「そう……なんだかちょっと悲しい感じ」

人の死とは違うのだろうけれど、死んでもなお遠い距離が二人を隔てている。

それはとても寂しい気がした。

「そうだな。だが、その気持ちも少しは分かるのだ。莉珠を失ったら、俺も常世(とこよ)まで追いかけて行きたいが、国を、そして民を放っては行けない……それを思うと」

雨了は空を仰(あお)いだまままそう言った。見上げた横顔は寂しげで、見ているだけで胸が張り裂けそうになる。

私はこの人を置いて常世(とこよ)には行けない。

「……雨了。私は自分の身を捨てるようなことはもうしない。そう誓うよ。それで、皺々(しわしわ)のお爺ちゃんお婆ちゃんになるまで、雨了と長生きするんだから！」

「ああ……」

雨了の青く光る目からポタリと涙が零れた。たった一滴の雫。私はその涙ごと雨了をぎゅっと抱きしめた。私と一緒の時くらい泣いたって構わない。

私の愛しい青はこの腕の中にある。これからも私は生きる。雨了と共に。

涼しい風が頬を撫でるように優しく吹き抜けていった。

かりそめ夫婦の 穏やかならざる新婚生活

親を亡くしたばかりの小春は、ある日、迷い込んだ黒松の林で美しい狐の嫁入りを目撃する。ところが、人間の小春を見咎めた花嫁が怒りだし、突如破談になってしまった。慌てて逃げ帰った小春だけれど、そこには厄介な親戚と——狐の花婿がいて?　尾崎玄湖と名乗った男は、借金を盾に身売りを迫る親戚から助ける代わりに、三ヶ月だけ小春に玄湖の妻のフリをするよう提案してくるが……!?　妖だらけの不思議な屋敷で、かりそめ夫婦が紡ぎ合う優しくて切ない想いの行方とは——

定価:726円(10%税込み)　ISBN 978-4-434-30217-6

イラスト:ごもさわ

あやかし
鬼嫁
婚姻譚
1 2
著・朧月あき
あやかし
和風・シンデレラ
ストーリー！
生贄の娘は、
鬼に愛され華ひらく
天涯孤独で養護施設で育った里穂。ある日、名門・花菱家に養女として引き取られるも、そこで待っていたのは、周囲の皆から虐めを受ける過酷な日々だった。そして十七歳の誕生日、里穂はあやかしの「生贄」となるよう養父から告げられる。だが、絶望する里穂に、迎えに来たあやかしは告げた。里穂は「生贄」ではなく、あやかしの帝の「花嫁」になるのだと——
あやかし鬼嫁婚姻譚
あやかし鬼嫁婚姻譚
それでもお前を愛している
各定価:726円（10%税込）
イラスト：セカイメグル

愛憎渦巻く後宮で
武闘派夫婦が手を取り合う！？

自国で虐げられ、敵国である湖紅国に嫁ぐことになった行き遅れ皇女・劉翠玉。彼女は敵国へと向かう馬車の中で、自らの運命を思いポツリと呟いていた。翠玉の夫となるのは、湖紅国皇帝の弟であり、禁軍将軍でもある男・紅冬隼。翠玉は、愛されることは望まずとも、夫婦として冬隼と信頼関係を築いていきたいと願っていた。そして迎えた対面の日……自らの役目を全うしようとした翠玉に、冬隼は冷たい一言を放ち——？
チグハグ夫婦が織りなす後宮物語、ここに開幕!

定価：726円（10%税込み）　ISBN 978-4-434-30557-3

Illustration：憂

大正銀座ウソつき推理録
文豪探偵・兎田谷朔と架空の事件簿
うさいだやはじめ
芥生夢子
azami yumeko
大正銀座を騒がせる
自称文豪は――
謎を解かない
名探偵!?
第4回
ホラー・ミステリー
小説大賞
大賞
受賞作
大正十四年、銀座。とあるカフェーで女給の千歳は窃盗事件に巻き込まれる。そこに現れたのは、事件解決のために呼ばれた探偵である兎田谷朔（うさいだやはじめ）という男。彼の華麗な推理で、事態は収束。大団円かと思いきや――
「解決さえすりゃ真実なんかいらないのさ」
なんとその推理内容は、兎田谷自身が組み立てたでっち上げの真実だった！　口八丁でどんな事件も丸く収める、異色の探偵兼小説家が『嘘』を武器に不可思議な依頼に挑む。

この作品に対する皆様のご意見・ご感想をお待ちしております。

おハガキ・お手紙は以下の宛先にお送りください。

【宛先】

〒150-6008 東京都渋谷区恵比寿4-20-3 恵比寿ガーデンプレイスタワー 8F
(株) アルファポリス　書籍感想係

メールフォームでのご意見・ご感想は右のQRコードから、
あるいは以下のワードで検索をかけてください。

アルファポリス　書籍の感想　検索

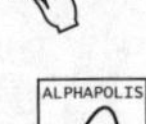

ご感想はこちらから

アルファポリス文庫

迦国あやかし後宮譚3

かのくに　こうきゅうたん

シアノ

2022年 8月31日初版発行

編集－本丸菜々
編集長－倉持真理
発行者－梶本雄介
発行所－株式会社アルファポリス
〒150-6008東京都渋谷区恵比寿4-20-3恵比寿ガーデンプレイスタワー8F
TEL 03-6277-1601（営業） 03-6277-1602（編集）
URL https://www.alphapolis.co.jp/
発売元－株式会社星雲社（共同出版社・流通責任出版社）
〒112-0005東京都文京区水道1-3-30
TEL 03-3868-3275
装丁イラスト－ボーダー
装丁デザイン－AFTERGLOW
印刷－中央精版印刷株式会社

価格はカバーに表示されてあります。

落丁乱丁の場合はアルファポリスまでご連絡ください。

送料は小社負担でお取り替えします。


ISBN978-4-434-30736-2 C0193